雨の中の涙のように

光文社

遠田潤子
Toda Junko

雨の中の涙のように

目次

装幀　鈴木久美
写真　カバー：©GYRO PHOTOGRAPHY/a.collectionRF/amanaimages
　　　表　紙：Rita Saitta / EyeEm/gettyimages

第一章

垣見五郎兵衛《かきみごろべえ》の握手会

七月に入ったばかりの蒸し暑い日だった。

夕方、近所に住む姉が小学校六年生の姪《めい》を連れてやってきた。伍郎《ごろう》はハンコを彫る手を止め、顔を上げた。

「盆の法事のことやけど」

そう言いながら、姉が店内を見回す。いつものことだが中島《なかじま》印章店に客の姿はない。印章店と言いながらハンコはほとんど売れず、出るのは学習ノート、絵手紙画材や一筆箋、初心者向け篆刻《てんこく》セットだ。祖父の跡を継いで、伍郎が細々と店を続けていた。

姉は作業机の横にある丸椅子に腰を下ろした。姪は勝手にクーラーの温度を下げると、伍郎の机の上にある炭酸煎餅の缶に手を突っ込んだ。しばらく探って、飴《あめ》を三つほどつかみ出す。姉が叱るが、どこ吹く風だ。一つ口に入れると、店の奥、自宅へ通じる上がり框《かまち》に腰を下ろし、ティーン向けのファッション雑誌を広げた。

伍郎が缶をのぞくと、残りは数個になっている。後で買いに行かなければ、と思いながら、習慣で一つ口に放り込んだ。ダブルベリーチーズケーキ味。とにかく甘いが、この甘さが煙草《たばこ》への欲求を紛らしてくれる。

法事の打ち合わせが終わると、待ちかねたように姪が近寄ってきた。

「お母さん、今度の誕生日プレゼント、ここの服が欲しいんやけどのぉ」

開いた雑誌を指さす。ごちゃごちゃした誌面には十数人の女の子がひしめいている。みな揃《そろ》いのブレザーとチェックのスカートをはいて、大げさに笑っていた。

「こがいな服、ただの制服じゃろ」

姉はちらと眼を遣ったが、帰り支度の手を止めない。

「ちゃーう。なん言うとん」母親に相手にされないので、伍郎に話しかけてきた。

「叔父さんはどがい思いよる？」

若い女の子たちは名前も知らないアイドルグループだ。大ブレイクというピンクの文字が躍っている。前列で大きく写っているのは人気のある子だろう。後列へ行くほど不人気になり、写りも小さくなる。

伍郎は最前列の子と最後列の子の顔を比べてみた。美醜にたいして差があるとは思えない。不思議だ、と思った。大昔のアイドルやスターは明らかに「華」とか「オーラ」があったような気がする。身にまとう空気の質そのものが違っていた。そう、刀を納める者と納められない者がいるように――。

「なあ、叔父さんもかわいいと思うじゃろ？」

姪に呼びかけられ、伍郎は我に返った。ほやなあ、ともう一度雑誌を眺めて、最後列の端の少女に眼が留まった。

次の瞬間、心臓が跳ね上がった。少女には小桜《こざくら》しのぶの面影がある。黒目がちの大きな眼、すこし低い鼻、大きな口。どこかチワワに似ていると言われた顔。よく見れば面影どころかそっくりだ。慌てて名前を確かめると、「染井《そめい》わかば」とある。

伍郎は動揺した。しのぶの本名は染井よし子《こ》で、その娘は染井若葉《わかば》だった。では、この少女はあの若葉なのか？　それとも、他人の空似か？　伍郎は少女の顔を食い入るように見つめた。いや、顔と名が両方揃うとなれば偶然とは思えない。

「叔父さん、ほがいに必死で見よると気持ち悪いぜぇ」

姪は雑誌を閉じると、先に帰る、と店を出て行った。姉は困ったものだと言いはしたが、伍郎への詫《わ》びの言葉はなかった。

一人になると、伍郎はパソコンに飛びついた。「染井わかば」を検索する。島根県出身の十八歳。好物はスイーツ。家族関係の記述はない。グループのCDは三枚出ていた。四枚目の新譜は予約受付中。初回限定版はイベント参加券――握手券付き。

若葉は奥出雲《おくいずも》で曽祖父母と暮らしていたはずだ。「染井わかば」が島根県出身ということは、もう間違いない。伍郎はモニターの前で震えた。この子は若葉だ。若葉に違いない。

それからはなにをしても上の空だった。珍しく客が来たのに釣り銭を間違え、商品段ボール箱につまずいた。仕方ないので早めに店を閉め、残り物で夕食を済ませた。味などすこしもわからない。じっとしていることができず、ふらふらと家を出た。

中島印章店は愛媛県、大洲《おおず》にある。

大洲は城と川の町だ。町の外れを肱川《ひじかわ》が流れ、高台には再建された大洲城が立っていた。城下には古い町並みもよく残っている。腰板張りの武家屋敷、なまこ壁の商家の蔵、明治の赤レンガ建築、昭和の木造民家など時代を映す建物が揃っていた。

また、大洲はドラマの町でもある。その昔には「おはなはん」という人気ドラマの舞台になった。「おはなはん通り」と名づけられた通りは観光客にも人気だ。また、恋愛ドラマのロケが行われたこともある。小さな町だがドラマとの距離は近い。

伍郎がしのぶと大洲の町を歩いたのは、もう十年も前のことだ。

——ほんまにセットみたいな町やね。

そう言って、しのぶは笑ったのだった。

角のコンビニでメビウスの1ミリと「ほうじ茶ミルク飴」を買った。こんなスカスカを吸うくらいなら、いっそ禁煙すればいいとわかっているが、やっぱり止《や》められない。今は一日三本、毎食後に一本吸うだけと決めている。電子煙草に切り替えるという手もあるが、なんだか億劫《おっくう》だ。もし、一箱五百円を超えたら完全に禁煙しようと思っている。

伍郎はぶらぶらと肱川へ足を向けた。ただゆっくり歩いているだけなのに、夜気《やき》がまとわりついて汗が流れる。大洲は盆地の町だ。夏は暑く、秋冬には「肱川あらし」という強い風が吹いて霧が出る。

肱川の流れはこの先で大きくカーブして、両岸は高い崖だ。川を見下ろすように臥龍山荘《がりゅうさんそう》が立っている。明治期の意匠を凝らした数寄屋《すきや》建築と美しい苔庭《こけにわ》があった。

伍郎は立ち止まって煙草に火をつけた。今日はこれが最後の一本だ。大事に吸わなければ、と肱川に向かって煙を吐く。

川の音が雨の音に聞こえた。途端に、頭の中に雨が降ってきた。

十年前、京都でしのぶと暮らしていた。二人は養成所を出て役者として成功することを夢見て、車折《くるまざき》神社に近いアパートでその当時でもありえないような時代錯誤の貧乏暮らしをしていた。

伍郎の運命を変えたのは堀尾《ほりお》葉介《ようすけ》との出会いだった。

＊

伍郎が時代劇に憧れたのは、祖父の影響だった。

両親を早くに亡くした伍郎は二つ年上の姉と一緒に、祖父母に育てられた。祖父は愛媛県大洲市で、中島印章店というハンコと文房具を扱う店を営んでいた。祖父は背を丸めてハンコを彫りながら、薄暗い店の片隅にあるテレビで時代劇を観ていた。

伍郎が十歳のとき、家族で道後《どうご》温泉に行った。土産物屋には、外国人観光客向けのオモチャの刀やら手裏剣やらがたくさん並んでいた。伍郎は刀を大小二振り買ってもらった。以来、伍郎は他の子供たちとは遊ばず一人でひたすらチャンバラごっこをした。寂しくはなかった。祖父が眼を細めて見てくれたからだ。

伍郎が憧れたのは納刀《のうとう》だった。刀を鞘《さや》に納める、ただそれだけのことだが、時代劇では決めの見せ所だ。回転納刀といって、くるくると刀を回してから鞘に納める型もある。伍郎が夢中になったのは、「長七郎江戸日記《ちょうしちろうえどにっき》」で里見浩太朗《さとみこうたろう》が披露する二刀流の納刀だった。まず、両の刀を左右で大きく振って、血を払う仕草をする。それから、その場でくるっと回転する。正面に向き直った瞬間、両腕を交差させ、同時に大小を鞘に納めるのだ。

毎日飽きもせず、伍郎はオモチャの刀で納刀の稽古《けいこ》を続けた。

高校を卒業すると、伍郎は祖父母の反対を押し切り京都で俳優養成所に入った。芸名は「垣《かき》見伍郎《みごろう》」とした。『忠臣蔵《ちゅうしんぐら》』に出てくる垣見五郎兵衛《ごろべえ》にあやかった名だ。

大石内蔵助《おおいしくらのすけ》は吉良《きら》を討つために秘密裏に江戸へ向かう。道中は身元を偽り「日野《ひの》家用人　垣見五郎兵衛」と名乗った。だが、とある宿で本物の垣見五郎兵衛と鉢合わせしてしまう。二人が宿の一室で対峙《たいじ》するシーンは様々なバリエーションがあるが、忠臣蔵の中でも屈指の見せ場であるのは間違いない。

本物の垣見は己の名を騙《かた》る内蔵助を問い詰めるが、内蔵助はもちろん認めるわけにはいかない。本物ならば道中手形を出せと言われた内蔵助は、白紙の手形を堂々と垣見に示す。驚き、怒る垣見。だが、そのとき垣見は内蔵助の持ち物の紋に気付く。丸に違い鷹《たか》の羽。あれは浅野《あさの》家の紋ではないか。それでは、眼の前にいる男は――。

すべてを察した垣見は己が偽者だと認めて内蔵助に非礼を詫びると、己が持つ本物の道中手形を与えて去って行く。内蔵助はその後ろ姿に平伏し、万一のために控えていた浪士たちは感謝のあまり男泣きに泣くのだった。

伍郎は子供の頃からこの場面が大好きだった。だから、役者になると決めたとき、迷わず「垣見伍郎」と名乗った。

『忠臣蔵』の中では垣見五郎兵衛はわずかな出番しかないが、主役と同格の俳優が演じる。古くは、右太衛門《うたえもん》が内蔵助なら千恵蔵《ちえぞう》が垣見五郎兵衛。松本幸四郎《まつもとこうしろう》なら片岡孝夫《かたおかたかお》。北大路欣也《きたおおじきんや》なら藤田《ふじた》まこと、松平健《まつだいらけん》なら江守徹《えもりとおる》、と大物俳優が名を連ねていた。

——アホか、そんな大きな名前付けて。

撮影所では会う人会う人に言われたものだ。だが、伍郎はそのたびに闘志を燃やした。いつかこの名に見合うだけの役者になってやる。今笑ったやつらを見返してやる、と。

垣見伍郎という名を笑わなかったのが、小桜しのぶだった。あまりに古臭い芸名だったが、本人は気に入っていた。田舎のばあちゃんが付けてくれてん、と。しのぶは彼女を産んですぐに亡くなった母の名で、小桜は祖母がかわいがっていた「コザクラインコ」からだった。

しのぶは奥出雲の小さな町の出身だった。祖父母は地元の食品工場で働きながら、小さな田んぼで米を作っていた。しのぶには二十歳で産んだ若葉という娘がいた。どうしても女優になりたかったしのぶは若葉を祖母に預け、京都に出てきたのだった。

「早く売れたい。有名女優になって若葉を迎えに行きたい」

それがしのぶの夢だった。だが、しのぶの役どころは打ち水をする町娘か、川から引き揚げられる女郎の土左衛門《どざえもん》だ。莚《むしろ》をめくってもらえたらラッキー。顔がアップになればもっとラッキーだった。

二人が養成所に入った頃、とっくに時代劇は廃《すた》れていた。映画はおろか、テレビ時代劇も人気シリーズが軒並み終了し壊滅状態だった。撮影所は閑散とし、時代劇の黄金時代など、映画村に飾られている白黒のパネルの中にしかない。「殺陣《たて》」で食うなど夢のまた夢。養成所の同期もみな京都を離れていった。

そんな中、京都に残ったのが伍郎としのぶだ。二人とも時代劇では食えないことを知っていた。だが、伍郎もしのぶも祖父母と共に時代劇を観て育った。時代劇を否定することは、親に育ててもらえなかった自分を否定することだ。それはあまりに辛《つら》かった。

二人はとうに終わった夢の残り滓《かす》にしがみつく、似た者同士だった。それでも明日を信じていた。いつかは俺もカメラに向かって納刀を、と伍郎は稽古を欠かさず、毎日毎日、刀を振った。

二人が付き合いはじめたのは、伍郎が二十八歳、しのぶが二十三歳のときだ。初デートは車折神社だった。太秦《うずまさ》の撮影所から嵐電《らんでん》で三駅。電車を降りると眼の前がすぐ参道だ。小さな神社だが、創建は平安時代で歴史は古い。桜と紅葉の隠れた名所だ。

境内には天宇受売命《あめのうずめのみこと》を祀《まつ》る芸能神社があって、芸能芸術に加護があるという。昔から多くの芸能人が参拝し、玉垣を奉納してきた。現在、神社の周りには二千枚を超える玉垣が並んでいる。

玉垣とは、朱塗りの板に奉納者の名を書いたものだ。俳優、歌手、アイドル、舞台人など、そこかしこに大物芸能人の名前が見える。だが、大半の玉垣は無名の人が納めたものだった。

二月の終わり、雪が舞うほど寒い日だった。早咲きで有名な河津桜《かわづざくら》だったが、まださすがにつぼみは堅かった。

「今、俺らが奉納しても、誰やねん、これ？　て言われるんやろな」

撮影所ではみなが関西弁を喋《しゃべ》っている。伍郎もしのぶも関西出身ではないが、いつの間にか関西弁を話すようになっていた。

「うん。そやから、あたし決めてるねん。単発やなくてレギュラーの仕事がもらえたら、クレジットに役名とあたしの名前が大きく出るようになったら、玉垣を奉納しよ、思て」

「名前が売れてから、いうことやな」

「そう。小桜しのぶの玉垣や、て言うてもらえるようになってから」

「じゃ、俺もそうする。小桜しのぶの隣は垣見伍郎か、ていうふうにな」

二人揃ってお参りをした。その夜、伍郎の汚いアパートで抱き合い、次の週にはしのぶが移ってきた。そして、二人揃って大部屋俳優をしながら、五年が経《た》った。


堀尾葉介は当時二十二歳で、大人気アイドルグループ「ＲＩＤＥ」の一員だった。時代劇の経験はなかったが、ベストセラー漫画を実写化した時代劇映画の主演が決まった。相当な宣伝費を掛けた大作で、クライマックスはいわゆる「百人斬り」だ。堀尾葉介は三ヶ月間猛特訓をすることになった。

撮影所にはじめて堀尾葉介が来たとき、伍郎は思わず見とれてしまった。長身で、すらりと手足が長い。整った顔にはまだ少年時代の面影が残っていた。甘くて青い、すこし痛々しくて見る者をせつなくさせる。否応《いやおう》なしに庇護《ひご》欲をかき立てる美だ。

伍郎の横でしのぶが呟いた。

「やっぱりすごいね、オーラが」

伍郎は悔しくてうなずくことができなかった。堀尾葉介はただ立っているだけで圧倒的だった。儚《はかな》さが凶器になるのか、と思うほど胸が締め付けられた。

撮影がはじまると、監督の発案で堀尾葉介に長い刀が与えられた。かつて、近衛《このえ》十四郎《じゆうしろう》というスターがいた。通常より長い刀を使い、迫力のある殺陣で有名だったのだ。堀尾葉介の長い刀を見た伍郎は内心では見下していた。素人に真似《まね》できるわけがない、と。

だが、稽古をはじめてみると、堀尾葉介はびっくりするほど勘がよかった。なによりも稽古に臨む態度が真面目だった。殺陣師の無理な注文にも文句一つ言わず、懸命に応えた。撮影所内に漂っていた、幼稚な曲を歌って踊るアイドルという偏見は徐々に消えていった。それでも、伍郎はやっぱり素直に賞賛することができなかった。

伍郎の出るシーンの撮影が終わってスタジオの裏で一服していると、石崎《いしざき》という四十過ぎの助監督が堀尾葉介を連れて近づいてきた。疲れた顔でへらへら笑いながら言う。

「伍郎ちゃん、悪いけど堀尾くんに納刀、教えたってや。どうせ暇やろ?」

たしかに暇だ。当分、次の仕事はない。カチンときたが、煙草を消して立ち上がった。

「垣見さん。お休みのところすみません」堀尾葉介はびっくりするほど腰が低かった。「休憩のときとかに、ときどきやっていらっしゃる、刀をくるっと回して納めるやつ、教えていただけませんか？」

そう言って堀尾葉介はにっこり笑った。伍郎は息を呑《の》んだ。その屈託のない笑顔に引き込まれそうになった。

回転納刀。刀を回して鞘に納める。コツは人差し指と中指で鞘を挟むことだ。伍郎も飽きるほど練習した。だが、カメラの前で披露したことはない。殺陣の後、刀を鞘に納めることができるのは主役だけだ。斬られた者は刀など納めない。柄《つか》を握り締めたまま、地べたに倒れているからだ。斬られ役には無用の技術だ。

伍郎は堀尾葉介に回転納刀の手ほどきをした。堀尾葉介は空き時間に黙々と練習をし、何日かすると回転納刀をものにした。

「垣見さん、見てください。ほら、どうですか？」

堀尾葉介は伍郎と変わらぬ速さで刀を回し、鞘に納めた。すんなり伸びた手足で潔く長い刀を回す様は、これまで伍郎が見てきた誰とも違っていた。

横で石崎助監督が呟《つぶや》くのが聞こえた。……こいつはほんまもんや、と。

これだけの技術を短期間で習得するにはどれだけの努力があったのだろう。これまでだってそうなのだ。堀尾葉介はただちやほやされてきたのではない。時代劇俳優が殺陣に命を懸けるように、アイドル堀尾葉介は歌とダンスに命を懸けてきた。伍郎は己の無知と傲慢《ごうまん》を恥じた。

「ええ、ＯＫです……」

「やった」

途端に子供じみた顔で堀尾葉介が笑った。伍郎は見とれた。まぶしかった。美しかった。ただその男がいるだけで、周囲の空気が澄んで輝いていた。

「垣見さん、ありがとうございました」

堀尾葉介は深々と頭を下げた。ああ、と伍郎は思った。この男はいずれ格の高い役も演じるだろう。忠臣蔵なら内匠頭《たくみのかみ》や。垣見五郎兵衛をやれば、片岡孝夫がやったようなきれいな五郎兵衛になるのだろう。

その夜、伍郎は痛飲した。酔って部屋に帰り、しのぶに当たり散らした。皿も何枚か割った。最低だとわかっていたが、やめられなかった。挙げ句、惨めに泣きながら、いつの間にか眠ってしまった。

翌朝、しのぶはなにごともなかったかのように朝飯を作ってくれた。伍郎は北野天満宮《きたのてんまんぐう》の骨董市《こっとういち》に出かけ、黒備前《くろびぜん》の平皿を五枚一組、三千円で買った。

「意外とセンスええやん」

しのぶが笑って、伍郎はほっとした。

夏休みに入って、しのぶの娘、若葉が遊びに来た。だが、しのぶに急な仕事が入ったので、夕方まで伍郎が相手をすることになった。

はじめて会う若葉は小学校二年生で、しのぶによく似ていた。しのぶがチワワなら、若葉はチワワの仔犬だった。若葉も緊張しているらしく、ほとんど喋らなかった。

映画村は何度も行ったというので、クーラーの効いた喫茶店で時間を潰すことにした。三条通をすこし歩いて帷子ノ辻《かたびらのつじ》駅へ向かう。「亀屋珈琲店」か「スマート珈琲店」かで迷ったが、小さな子が好きそうなメニューがある「スマート珈琲店」にした。

寺町《てらまち》の本店とは違って、こちらは天井が高くて明るい。撮影所の関係者がよく来る店だが、今日は知った顔はなかった。

「ここはホットケーキとフレンチトーストが美味《おい》しいそうや。どっちがええ?」

「ホットケーキ」

奮発して、アイスクリームのせにした。やがて分厚い二段重ねのホットケーキが運ばれてきた。二枚目の上にはバニラアイスがたっぷりのっていた。

「こんな美味しいホットケーキ、あたしはじめて」

若葉は頰を真っ赤にしてホットケーキを食べ、ミルクセーキを飲んだ。その様子に伍郎はようやくほっとした。若葉はぽつぽつと喋り続けた。友達のこと、今、学校で流行《はや》っていること。そして、自分も母のようにテレビに出たいこと――。とにかく伍郎は聞き役に徹した。

ホットケーキ二枚は若葉には多すぎたので、残りは伍郎が手伝った。溶けたアイスとかけすぎたシロップのせいで、ホットケーキはぐずぐずになっていた。甘い物が苦手な伍郎は苦労しながら食べた。若葉は嬉しそうだった。

若葉は三日ほど滞在することになっていた。親子水入らずで、と遠慮したが、しのぶも若葉も伍郎を誘った。伍郎は生まれてはじめてＵＳＪに行った。どのアトラクションに並んでも「家族三人」として扱われた。係員はごく自然に言った。……お父さんはこちらのお席へ、と。伍郎はおかしな気持ちだった。

丸三日、しのぶと若葉と一緒に過ごした。最後には若葉も完全に打ち解け、おじさん、おじさん、と話しかけてくるようになった。

若葉が帰る日、伍郎は京都駅まで見送りに行った。しのぶが切符を買う間、伍郎は若葉と二人で待っていた。京都駅は通勤客と観光客でごった返している。人混みに慣れていない若葉は緊張した顔だ。修学旅行生が大声で騒ぎながら横を通っていった。若葉がスポーツバッグに押されてよろけた。伍郎は手を出し、支えてやった。

「大丈夫か？」

若葉は黙ってうなずいた。だが、よほど怖かったのか、伍郎の手を離そうとしない。伍郎は振り払うことはできなかった。マメとタコだらけの伍郎の手と違い、若葉の手は小さくて柔らかくて、熱かった。

「おじさんの手、硬いねえ」

「毎日、刀、何百回も振って稽古しとるからな」

「ほんね？」

「ほんまや。今度、見せたる」今度、と言ってからどきりとした。「最後はかっこよう刀を納めるんや。こう、くるっと刀を回してな」

刀なしで型だけ見せてやると、それでも若葉は眼を輝かせた。

「二刀流もあるんや。刀二本やぞ」

里見浩太朗の真似をして華麗に回転し、二本の刀を鞘に納める型をした。若葉は嬉しそうに笑った。その笑顔に伍郎は胸を突かれた。

「今度、ほんまもんを見せたる。絶対に見せたる」

うん、とうなずいた後、ふいに若葉が真顔になった。小さな声で言う。

「おじさん。あたしのお父さんになってほしいけん」

伍郎はぎくりとした。どこまで本気かわからないが、やはり断ることはできなかった。

「俺でええんか？」

若葉がこくんとうなずいた。

「そうか」

もっとなにか言わなければと思ったが、言葉が出なかった。若葉はじっと伍郎を見上げている。

「また、来《こ》いや」

若葉はじっと伍郎を見て、またうなずいた。そして、背中のリュックを下ろすと、中から飴を一つ取り出した。伍郎に向かって黙って差し出す。

「これ、くれるんか？」

伍郎は飴を受け取った。田舎の曽祖母が買ったのだろう。昔懐かしいカンロ飴だった。

堀尾葉介の映画が公開されると、伍郎はしのぶと観に行った。客席はすべて埋まっていて、ほとんどが若い女性だった。大きなスクリーンの中では、堀尾葉介が長い刀で斬りまくっていた。たった三ヶ月の特訓ということを考えれば、上出来の殺陣だった。一瞬、隅に伍郎も映った。差は圧倒的だった。

劇中、堀尾葉介が回転納刀を披露するシーンがある。わざとらしくなく、ごく自然に見えた。子供の頃から練習してきた伍郎より、よほど美しかった。

「教えた人が上手《うま》いんやよ」しのぶがささやいた。

「アホか」

不思議と心は痛まなかった。伍郎は自分でも驚くほど落ち着いていた。スクリーンを前に、まるで他人事《ひとごと》のように堀尾葉介の映画を楽しんでいる。伍郎は自分の中で火が消えたことに気付いた。役者としての情熱が失われたことを寂しく思いながらも、この何年も感じたことのない安らぎを覚えた。俺はようやく楽になれたのだ、と思った。

次の休み、伍郎はしのぶを引っ張って大洲に帰った。祖父母はしのぶを歓待してくれた。お姫さま女優が来た、と持ち上げられ、しのぶもまんざらではなさそうだった。

早速、伍郎は大洲の町を案内した。九月に入っていたが、やはり大洲は暑かった。

「なんやの。京都と変わらんくらい暑いわ」しのぶが日傘の下で呆れたように汗を拭く。

「京都よりはマシじゃわい。どうや、大洲はええとこじゃろ?」すると、しのぶが喉を鳴らして笑った。

「京都では関西弁喋ってるのに、急にこっちの言葉になってる」

「ほうか?」

自分ではまるで気付かなかった。だが、やはり自分は大洲の人間なのだ、と知らされたような気がした。

肱川を望む臥龍山荘を訪れた。崖に突き出した不老庵《ふろうあん》に座り、肱川を見下ろす。観光客は他に誰もいない。聞こえるのは水の音だけだ。川からの風が吹き抜けていく。汗が冷えて気持ちがいい。しのぶの汗と香水と川と木々の匂いが入り交じって流れてきた。

「ほんまにセットみたいな町やね。ここ、きっとええシーンが撮れると思う」

こんなときでも、しのぶの頭の中には「どう撮られるか」しかないのか。それでも言うしかない。伍郎は思い切って口を開いた。

「ええ町じゃけん。俺と一緒に帰らんか?」

すると、しのぶが驚いて振り返った。戸惑った顔で伍郎を見ている。

「帰るて……ここに?　一緒に?」

しのぶが眉根を寄せた。だが、今さらここで引くわけにはいかない。意識して関西弁に戻し、柔らかく言う。

「なあ、しのぶ。そろそろ現実見いひんか?」

「現実て？」

「前から考えてたんやが、俺は大洲に帰ろうと思う。じいさんも歳《とし》やし、店の仕事覚えるんやったら早いほうがええ」

「まさか、あんた、諦めるん？　いつかは垣見五郎兵衛を演《や》るんと違うん？」

「なに夢みたいなこと言うてるねん。俺は千恵蔵でもないし、片岡孝夫でもない。持って生まれたものが違う」

堀尾葉介に思い知らされた。スターは生まれたときからスターだ。違いすぎる。

「ここで諦めたら、今までの苦労がみんな無駄になる。遅咲きのスターなんか、なんぼでもいてはるやん」

しのぶが懸命に言ったが、伍郎は首を横に振った。わかってしまったのだ。――千恵蔵でもないし、片岡孝夫でもない。そんな大昔のスターの名を思い浮かべること自体が、時代から取り残されている証拠だ。

「もうええ。しのぶ。夢見てもしゃあない。一緒に大洲に来てくれへんか？」

「あたしは諦められへん。あたしはちゃんとした女優になりたい」

「太秦でか？　いつの時代の話してるねん。撮影所の大部屋からスターが出る時代はとっくに終わった。取り残されてるうちに、俺らはどんどん歳取ってくんや。やり直すんやったら早いうちがええ。それに、若葉ちゃんはどうする気や？　ずっと預けたままか？　かわいそうと思えへんか？」

娘の名を出すと、しのぶの眼が揺れた。声が小さくなる。

「そんなんわかってる。早く一緒に暮らしたいから、頑張ってるんやないの」

「俺が一所懸命稼ぐ。贅沢《ぜいたく》はでけへんかもしれんけど、今みたいに金に困る生活はさせへん。大洲に帰ったら、古いが一軒家に住める。狭いアパートやない」

しのぶはなにも言わず、うつむいてしまった。伍郎は言葉を続けた。

「俺かて自分の子供が欲しい。若葉ちゃんの弟か妹か……みんな一緒に暮らそやないか」

「もうちょっと考えさせて。そんなん……いきなり返事でけへん」

それきり黙ってしまった。しのぶの態度はもどかしかったが、ここで急《せ》かすと反発されるだけだ。伍郎はわざと軽く言った。

「そやな。悪かった。なあ、帰り、松山《まつやま》寄って道後温泉でも行こか。若葉ちゃんに土産でも買《こ》うて……」

ふっと祖父にオモチャの刀を買ってもらったことを思い出した。息苦しくなって、風に顔を晒《さら》す。口を開けると湿った水の匂いでむせそうになった。咳《せ》き込むと、しのぶが笑った。笑うといっそうチワワに似た。

「ほんまに、ええ風じゃわい……」

肱川を渡る風に引き戻されたか。自分でも、大洲弁なのか関西弁なのかわからなくなる。奇妙なアクセントになり、しのぶがまた笑った。

温泉に浸《つ》かった後、二人で若葉への土産を選んだ。しのぶはきれいな水玉の砥部《とべ》焼のマグカップを選び、伍郎は定番の母恵夢《ポエム》にした。しのぶはこのまま奥出雲に土産を渡しに行くと言ったので、松山で別れた。

伍郎が京都に戻った翌日、しのぶが帰ってきた。伍郎に地元の土産だと言い、紙袋を差し出した。

「もっとゆっくりしてきたらええのに」

返事はない。伍郎はそれ以上は言わなかった。しのぶが町に良い思い出のないことは知っていたし、長居すれば若葉とも離れづらくなる。

紙袋の中身は出雲そばだった。しのぶが黙ってそばを茹《ゆ》ではじめたので、伍郎も黙って大根をおろした。そして、二人でそばを食った。夏大根は辛かった。

そばを食べ終えても、しのぶは黙ってうつむいていた。黒褐色の平皿に、残った大根おろしがこびりついている。扇風機がゆっくりと首を振っていた。

「若葉はあんたのこと、大好きみたいや」

うつむいたまま、しのぶが言った。伍郎が黙っていると、しのぶはまたぼそりと言った。

「お父さんになってほしかったら、あんた、四国に行かなあかんねんで。引っ越しして、お友達とも別れなあかんねんで、て言うたら、それでもええ、て」

そこで、しのぶが顔を上げた。もうすっかり覚悟を決めた顔だった。

「あたしと若葉、二人で大洲に押しかけてええんか?」

「ああ、もちろんや」伍郎はほっとした。

撮影所に報告してくる、としのぶはアパートを出て行った。伍郎が一人で荷物をまとめていると、つけっぱなしのテレビが大騒ぎをはじめた。芸能レポーターが早口で喋っている。堀尾、という名が耳に入って伍郎は顔を上げた。

堀尾葉介、電撃脱退。役者に転身。

人気絶頂のアイドルグループを脱退し、指導が厳しいことで知られる劇団に入るという。一から演技の勉強をしたい、とのことだった。街角で号泣するファンの様子が映し出される。資料映像として、あの時代劇映画も流れた。レポーターは違約金の心配をしている。一方的な契約解除なので億単位になる可能性があるとのこと。

堀尾葉介の記者会見がはじまった。地味なスーツを着た堀尾葉介はカメラに向かって深々と頭を下げていた。

「……映画に出させていただいて、自分の未熟さを痛感いたしました。映画を作っている人たちの熱意に触れて……最初からきちんと演技の勉強をしたいと思うようになりました。これまで応援してくださったファンの皆様には大変申し訳ありませんが……」

堀尾葉介はカメラに向かって詫び続けた。

伍郎は気付くと泣いていた。詫び続ける堀尾葉介がまぶしかった。羨ましかった。結局、なにひとつ成し遂げられなかった己が惨めだった。不甲斐《ふがい》なくて、情けなくて、苦しくて、いたたまれなかった。

諦めたはずなのに、なぜこんなに涙が出る？　答えを出したはずなのに。伍郎は引っ越し用の段ボール箱の前で泣き続けた。そして、懸命に自分に言い聞かせた。諦めるんや。三人で暮らすと決めた。もう終わりなんや——。

その夜は雨になった。しのぶが帰って来たのは日付が変わってからだった。

「大洲に行く話、やっぱりなしにするわ。あたし、東京に行く」

しのぶの突然の心変わりに言葉が出なかった。今さらなにを言っているのだろう。呆然《ぼうぜん》としのぶの顔を見ていた。

「石崎さんに頼みこんだら、知り合いの劇団を紹介してくれる、て」

しのぶの眼は真っ赤だった。泣いて泣いて、この結論を出したことがわかった。だが、到底受け入れることはできなかった。

「ねえ、堀尾葉介のニュース見た？　本気で演技の勉強したいから事務所辞めて劇団入るねんて。何億いう違約金払《はろ》て、干される覚悟で。その話聞いたら、あたし、なにやってるんやろう、って恥ずかしくなった。全然覚悟が足らんわ」

俺が堀尾葉介のニュースをどんな思いで聞いたと思う？　その後、どんな思いでケリをつけたと思っている？　今、口を開いたら汚い言葉を撒《ま》き散らしてしまいそうだ。伍郎は懸命に奥歯を噛みしめた。

黙ったきりの伍郎を見て、しのぶが絞り出すように詫びた。

「ごめん。伍郎には悪いと思てる。でも、今諦めたら、一生後悔する。やるだけはやりたいねん」

しのぶの肩が震えていた。堪《こら》えきれずに顔を伏せた。伍郎は惨めでたまらなかった。しのぶに捨てられたことも、しのぶのような勇気がなかったことも、どちらも負け犬の証明だった。

「……若葉ちゃんはどうなるねん」

「仕方ないやん。子供がいたら我慢せなあかんの？　夢を諦めなあかんの？」

しのぶが顔を上げ、きっと伍郎をにらんだ。きつい調子で言い返す。伍郎は思わずたじろいだが、なんとかしのぶを説得しようと諭すように語りかけた。

「なあ、大洲で、みんなで暮らそうやないか。もし芝居がやりたいんやったら、また……」

「もしまた子供ができたらどうするん？　男はやるだけで済むけど産むのは女やねんよ。妊娠したらなんもでけへん。一年も二年も棒に振れ、ていうん？　子供産んだら体形も崩れるし、髪も抜けるし、肌もぼろぼろになる。そんなん絶対嫌や」

しのぶは吐き捨てるように言うと、手許《てもと》のポーチを壁に叩きつけた。入っていた化粧道具がばらばらと散らばり、ファンデーションのケースが跳ね返って伍郎に当たる。かっとして、大きな声になった。

「子供捨てて平気か。おまえは母親失格や」

すると、しのぶは真っ赤な眼で伍郎をにらみつけた。小鼻を膨らませて荒い息をしていたが、やがて涙を一粒こぼした。

「覚悟してる。母親失格でもええ。あたしは女優なんや」

「女優？　通行人が？　ただの死体が偉そうなこと言うても、俺もおまえも所詮は名無しやったやないか。無理なんや、俺らには」

言いすぎた、と思ったときには遅かった。しのぶがなにか叫んで、思い切り灰皿を投げつけた。店名入りの灰皿は粉々に割れて、あたりに吸い殻と灰が飛び散った。しのぶはそのまま号泣した。

「勝手にせえ」

伍郎は部屋を出た。雨はほとんど小止みになっていた。壊れかけた樋《とい》から、しょぼしょぼと雨水が洩《も》れていた。

伍郎は空がかすかに白みはじめた京都の町を歩いた。

これが激しい雨なら、真夜中なら、と思った。

ずぶ濡れになり、慟哭《どうこく》しながら男は夜の町を彷徨《さまよ》う。夜の闇、強烈な照明に男のシルエットが浮かび上がる。次第に雨の音が高まっていく。音楽などいらない。ただ雨の音が男の心を表している。

ええシーンや。主役の見せ場やないか、と伍郎は思った。だが、俺は違う。キレの悪い小便のような雨に濡れ、泣くことも叫ぶこともできず、ただ背を丸めて歩く。夜の闇も照明もない。中途半端なぬるい光が間抜けに照らすだけだ。

二日後、部屋に戻ったときには、しのぶの荷物はなくなっていた。

伍郎はしのぶに関するものをすべて捨て、大洲に帰った。

＊

あれから十年が経った。しのぶと若葉のことはもう遠い過去の思い出になっていた。ただ、雨が降れば胸が疼《うず》いた。だが、その疼きも年々鈍くなっていたのだ。

伍郎はしのぶの消息を捜した。「小桜しのぶ」を検索してみたが、出てくるのは十年前、京都にいた頃の記事、それもわずかだ。本名でも検索してみた。だが、ヒットしない。改名したのかもしれん、と伍郎は途方に暮れた。売れない芸能人にはよくある話だ。

最後の手段は、と伍郎は携帯を見つめた。もう十年も掛けていない番号に、思い切って電話してみた。助監督の石崎。堀尾葉介に回転納刀を教えてくれ、と頼みに来た男だ。

「お久しぶりです、石崎さん。垣見伍郎と言います。昔、撮影所でお世話になった……」

はあ？　と露骨に迷惑そうな声だ。それきり黙ってしまう。こちらの出方をうかがっているらしい。

「垣見伍郎です。堀尾葉介の映画とかで使《つこ》てもろたことが」

数秒の沈黙の後、ああ、と間の抜けた声が返ってきた。

「垣見五郎兵衛の伍郎ちゃん？　ああ、あの伍郎ちゃんか。でも、仕事なんかないでー」

伍郎は胸に鋭い痛みを覚えた。遠い昔のことなのに、今でもこんなに俺は傷つくのか。その事実に伍郎は戸惑った。俺は今でも未練があるのか。諦めていなかったのか。

「いえ、すっぱり役者は辞めて田舎で店やっとるんですが……」

「伍郎ちゃん、それが賢いで。ほんま、時代劇はもうあかん。年寄りしか観てへん」たかりでないとわかると、石崎の口が急に軽くなった。「たまに新しいやつ作るいうても、テレビは殺陣のいらん人情物ばっかりやし、映画は下手《へた》くそでも派手に見えるCGが売りや。なんかおもろないねん。おまけにな、今の若い奴、忠臣蔵なんか知らんねんで。松の廊下も討ち入りも知らん。水戸黄門《みとこうもん》の印籠《いんろう》が、て言うてもなにそれ？　とか言うレベルや。そら、あかんようになるわなあ」

だが、石崎の声には悲愴感はなかった。もうそんな時期は過ぎたのだろう。どこか開き直った強さがあった。

「まあ、今さら言うてもな。何十年も前にわかっとったことやし。大昔な、専門学校の講師の話があったんや。でも、現場にこだわりたい、言うて僕は断ったわけや。な、アホやろ？　ほんま自分でも涙が出てくるわ」

電話の向こうで石崎が楽しそうに笑った。伍郎も釣られて笑った。久しぶりに笑った気がした。そして、石崎を素直に尊敬し、羨ましいと思った。

「で、石崎さん。ちょっとお訊きしたいことがあって。小桜しのぶ、て憶えてますか？　俺と同じ時期に出てた娘です。たしか、石崎さんが東京の劇団を紹介したとか」

「小桜しのぶ？　あ、ああ。そんな子おったな。そうそう、東京行きたい言うて……」

「今、どうしてるかご存じないですか？」

「あー。あの子か……」

突然、石崎の口が重くなった。嫌な予感がして、伍郎は思わず焦って訊《たず》ねた。

「なにかあったんですか？」

「あの子なあ、東京行って何年かして、身体《からだ》悪くして死んだんや。役が付き出した頃で気の毒に、て思たな」

「死んだ、て……。まだ若いのにおかしいやないですか」

「そんなん言われてもなあ。でも、もうだいぶ前の話や。かわいい子やったのにかわいそうにな。……じゃ、忙しいから、これで」

気まずい結果に耐えられなくなったのか、石崎がそそくさと電話を切った。伍郎は携帯を握り締め、呆然としていた。しのぶがもうこの世にいないなど考えたこともなかった。娘を捨ててまで望んだ夢を叶《かな》えられず、なにひとつ成し遂げられないまま死んだのか。

ふっと若葉の顔が浮かんだ。残された若葉はどれだけ辛かっただろう。実の父親の顔も知らず、父親になると約束した男には裏切られ、実の母親には捨てられたまま死なれ――。

伍郎は震える手でパソコンを開いた。モニターに「染井わかば」が映る。しのぶそっくりのチワワ顔で笑っていた。

公式ホームページには新譜の告知があった。初回限定版にはイベント参加券が付いている。その券があれば、握手と話ができる。ＣＤ一枚につき券が一枚。購入制限はないとのこと。

若葉に一目会いたい。だが、俺は若葉との約束を破った。今さらのこのこ会いに行って、若葉はどう思うだろう。いや、そもそも、俺のことなど憶えているはずがない。もう十年も前のことなのだから。

迷った末、伍郎は5と入力し、カートに入れた。五回分、若葉に会える、と思った。


イベントに参加するため、伍郎は夜行バスで東京の会場に向かった。財布には余分に五万円を入れてきた。もし、若葉が伍郎に気付き声を掛けてくれたら、イベントの後で個人的に会って話くらいできるかもしれない。そのときは食事でもさせてやって、プレゼントでも買ってやって、と。

早めにイベント会場に着くと、すでに炎天下に整然とした行列ができていた。伍郎が最後尾に並ぶと、すぐに後ろに行列が延びた。並んでいるのはほとんどが十代二十代の男だが、ちらほらと若い女性や中年男性の姿も見える。伍郎はすこしほっとした。

一時間も並んでいると、強い陽射《ひざ》しに頭がぼうっとしてきた。伍郎はポケットから飴を取り出し、舐《な》めた。塩レモン味だ。

本当はわかっている。個人的に会って話すなど、ありえないことだ。若葉はもうアイドルだ。一ファンと会えるわけがない。わかっているのに、こんなところまで来てしまった。だが、かすかな期待が捨てきれない。一目、若葉に会いたい。話がしたい。しのぶのことを訊きたい。

やがて、行列が動き出した。待機ゾーンに入ると、ようやく涼しくなった。身元確認の後、事前に申し込んだ番号順に誘導され、さらに今度は目当てのメンバーごとに並び直す。伍郎は染井わかばのレーンに向かった。そこで、愕然《がくぜん》とした。

若葉の前にはほとんど人がいなかった。伍郎は会場全体を見渡した。メンバーによって行列の人数に差がある。一番人気のレーンには若葉の何十倍という数のファンが並び、会場の外まで続いていていた。

残酷なシステムだ、と思った。人気、不人気が一目でわかる。伍郎はいたたまれなくなった。若い頃の苦しさが甦《よみがえ》る。なぜ、わかばは人気がない？　他のメンバーとどこが違うというのだ？　歌も踊りもたいした差はないのに、なぜ？　なぜだ？

憤っていたが、すぐに順番が回ってきた。慌てて手汗を拭く伍郎の眼の前で、若葉が精一杯の笑顔を作っていた。しのぶにそっくりだった。瓜二《うりふた》つと言ってもいい。チワワだ。今風のチワワ。伍郎は震えながら若葉の手を握った。小さな細い手だ。

——おじさんの手、硬いねえ。

あの頃に比べるとマメも素振りダコも消え、柔らかくなった。まるで別人だ。俺がわかるだろうか。

「……がんばってください」

若葉を眼にすると、それだけ言うのがやっとだった。

「はい、ありがとうございます」

若葉が元気に返事をして、にっこりと笑った。アイドルとしての営業スマイルだ。伍郎のことなどまるで憶えていない。口ごもっていると、スタッフに引き剝がされた。

「時間ですので」

容赦なく出口に追いやられる。伍郎は次の券を引き換え、再びわかばのレーンに並んだ。ガラガラなので、またすぐに順番が回ってきた。

「応援してます……がんばってください」

「ありがとうございます。がんばります」

先ほどとまるで同じ笑顔だった。いろいろ考えていたのに、やはり言葉が出ない。持ち時間はあっという間に過ぎた。伍郎は急ぎ足で出口に向かい、さらに券を引き換えて並んだ。だが、三度目も四度目も同じだった。懸命に笑う若葉を見ると、手を握ることしかできなかった。

何度も並んでいるファンは伍郎以外にもいた。少ないながらも、若葉にはちゃんと熱心なファンが付いている。伍郎はそれだけで涙が出そうになった。

五回目。最後の握手だ。伍郎が手を伸ばすと、若葉から口を開いた。

「いっぱい応援してくれてありがとうございます」

もともとファンの数が少ない。眼付きの悪い四十男だ。何度も回るうちに顔を憶えてくれたのだろう。それだけのことなのに、伍郎は嬉しくてたまらなくなった。もしかしたら、思いだしてくれるかもしれない。勇気を振り絞り、言った。

「……ホットケーキ、好きですか?」

「はい。大好きです。とっても美味しいですよね」若葉がにっこり笑った。そして、言った。

「特に、アイスクリームをのせて食べるのが大好きなんです」

——こんな美味しいホットケーキ、あたしはじめて。

そうか、アイスクリームのせが好きか。ふいに目頭が熱くなった。伍郎は若葉の手を握り締めた。涙を堪えようとして思わず力が入る。驚いた若葉が小さな悲鳴を上げ、身を引いた。しまった、と思った。十年前、一日に何百回と素振りをした手だ。マメとタコは消えても握力は人並み以上だ。

「すまん、つい」

詫びようとしたが、背後にいたスタッフに腕をつかまれ、乱暴に引き戻された。一瞬、かっと血が上る。警備員が二人、駆けてくるのが見えた。伍郎はあっという間に床に押しつけられ、乱暴にボディチェックされた。不審物を所持していないことがわかると、警備員は無言で伍郎を立たせた。そのまま出口へ向かって、乱暴に引きずって行く。伍郎は身体をよじって若葉を見た。今にも泣き出しそうな顔をしているのが眼に入った。

両隣のレーンがざわついていた。スマホをかざして撮影している連中もいた。まるで犯罪者扱いや、と思った。

——おじさん。あたしのお父さんになってほしいけん。

いや、犯罪は行ってないが、嘘《うそ》はついた。俺は約束を守らなかった。

「すまん。約束を守れなくてすまん」

伍郎が叫ぶと、若葉がはっと眼を見開いた。口に手を当て、伍郎を凝視している。次の瞬間、チワワの眼から涙があふれ出した。

「応援しとるから。この先もずっとずっと、なにがあっても応援しとるから」

伍郎の言葉を聞くと、若葉が泣きながらうなずいた。

両腕をがっちりとつかまれ、伍郎はゴミのようにつまみ出された。その後、別室で運営スタッフから処分を言い渡された。出禁。二度と握手会には参加できない、と。

会場を出ると、人気メンバーにはまだ長蛇の列が続いていた。ぎらぎらした顔を見ながら、なぜか清々《すがすが》しくなった。伍郎は思った。おまえらも頑張って応援してやれよ。ずっとずっと応援してやれよ、と。

駅までの道を一人歩く。汗が流れ、じりじりと首筋が灼《や》けた。だが、足は軽かった。


新幹線を京都で降りて、車折神社に向かった。

真夏の京都は、寄ってたかって袋叩きにされるような暴力的な暑さだった。懐かしい感覚だ。車折神社の境内の桜は青々と茂り、石畳に濃い影を落としていた。あちこちで蟬《せみ》が鳴いて、熱にうだった頭に響いた。伍郎は河津桜の下に立った。ひとつ息をする。

今、立っているのは俺だけだ。他の奴らはみな俺に斬られて地べたに倒れている。最後の見せ場は二刀流納刀だ。

両腕を大きく振り、大小の血を払う所作をした。くるりと回って二本同時に鞘に納める。会心の出来だ。堀尾葉介にだって負けない。これが垣見伍郎の二刀流納刀だ。

芸能神社に進んで財布を取り出す。若葉に奢《おご》るための五万円だ。思い切って全部賽銭箱《さいせんばこ》に放り込んだ。よし、今から禁煙だ。二度と吸わない。これからはカンロ飴を舐めて、若葉のＣＤを山ほど買おう。

力を込めて鈴を鳴らした。柏手を打ち、拝む。

いつの日か若葉がしのぶの分まで夢を叶えられますように。いつの日か若葉が玉垣を奉納できますように。

伍郎は手を合わせ、ひたすら願い続けた。かっかと胸が燃えている。すこしだけくらくらした。

第二章
だし巻きとマックィーンのアランセーター

朝田《あさだ》商店街は上州《じょうしゅう》名物、空っ風の吹く小さな町にある。駅前のバスターミナルから続く、アーケードのないこぢんまりとした商店街だ。昔はどの店も賑《にぎ》わっていたが、年々寂しくなる。ぽつぽつとシャッターの下りたままの店が目立つようになってきた。

店じまいをし、小西章《こにしあきら》は外に出た。錆《さ》びて滑りの悪くなったシャッターを苦労しながら下ろしていると、隣の森田《もりた》パンから店主が出てきた。「全品半額」と書かれたタイムセールのスタンドボードを抱えている。

パン屋と眼が合った。章は黙って頭を下げた。パン屋も黙って頭を下げた。章より五、六歳年上だが、見た目が若いのでほぼ同年代に見える。章とパン屋はもう二十年以上まともに話していない。互いに黙って挨拶《あいさつ》するだけだ。

パン屋は風で飛ばされないよう重しでボードを固定すると、黙って店に戻っていった。半額セールを待っていた客が次々と中に入っていく。いらっしゃいませ、と女の子の元気な声が聞こえた。パン屋は章と違って家庭がある。妻と高校生の娘が二人いて、家族で店を回していた。

街灯にはクリスマスのイルミネーションが点滅している。山から吹き下ろす北風に、青いLEDライトがわずかに揺れていた。このあたりでは、この冷たく乾いた風を「赤城《あかぎ》おろし」と呼んでいる。夜には弱まるが、代わりに強い底冷えがした。

章は四十一歳。親の跡を継いで小西鶏卵店を営んでいる。商店街のみなからは、卵屋と呼ばれていた。スーパーの安売りには敵《かな》わないから、値段勝負はしない。「放し飼い卵」や「有機飼料卵」などの高級卵を少量だけ置いている。

店の稼ぎ頭は「だし巻き」だ。契約農家から届いた卵を三日寝かせてから使う。産みたてよりふんわり仕上がるからだ。だし巻きは県外からも客が来るほどの人気がある。焼くそばから売れていくので休む暇もない。だし巻きを焼く機械と変わらない、と思うことがある。

ダウンジャケットの背を丸め、章はのろのろと歩いた。いつも火の前にいるから、熱には強いが寒さに弱い。すこしの距離だが、もう一枚着込んでくればよかったと思った。

商店街のちょうど真ん中に、漆塗りの読めない看板を掲げた店がある。丸市蒲鉾《まるいちかまぼこ》店だ。半分下りたシャッターをくぐって、中に入った。

「ああ、卵屋さん。こんばんは」

油の始末をしていた店主が顔を上げた。四代続く老舗で、店頭で揚げた練物《ねりもの》が人気だ。店主の市川《いちかわ》は世話好きで、商店街のまとめ役をしている。駐車場をいくつか経営しているので、少々店の売り上げが悪くても困らない。商店街の活性化のため、日々奔走していた。

「こんばんは。これを……」

章はクリスマスセールのチラシ原稿を手渡した。正直言って、卵屋にクリスマスなど関係ない。だが、商店街の足並みを揃えるために、思い切って「千五百円以上お買い上げのお客さまにプレミアム卵一個サービス」をすることにした。

市川は手を伸ばして原稿を遠くに離し、細い眼を更に細めた。

「えーと、プレミアム卵、一個サービス、か。やっぱ、だし巻きは安くしないの？」

「いえ、それは……」

「そうか。下手に売れたら大変だもんね。……うちはこれだよ」

市川は店の奥から試作品を持って来た。赤と緑のクリスマスカラーの蒲鉾だ。断面がモミの木の模様になっている。感心しながら見ていると、市川が小さなため息をついた。

「赤井《あかい》書店さん、年内いっぱいで閉めるって。もうちょっと頑張ろう、って励ましたけど、無理だってさ」

赤井書店は商店街の外れにある小さな本屋だ。老店主が一人でやっていた。奥さんに先立たれ、子供も独立し、跡継ぎはいないという。章がはじめて自分のお小遣いでマンガを買ったのは、ここだった。あの頃は店頭にも店内にも本や雑誌があふれるように並んでいたものだ。だが、最近はどの棚もスカスカで埃《ほこり》をかぶっていた。

「シャッター下ろした店を見るとさ、いたたまれなくなるんだよな」

市川がもう一度ため息をついた。章は黙って頭を掻《か》いた。やりきれない。

「ま、仕方ない。とにかく残った店で頑張らないとな。でさ、今度の正月は商店街として、福袋に力を入れたいんだ。卵屋さんも参加してくれないか？」

「いえ、うちは……」

高級卵は鮮度が売りだ。一度に大量に買うものではないから、福袋には向かない。

「思い切って『葉介だし巻き』の福袋とかどうよ？　正月なんだからぱーっと行こうよ」

それは……と頭を掻いていると、市川夫人が顔を出した。色白で丸顔、小太り、つやつやとした顔の女だ。自分ではこう言っている。――餅肌じゃなくって蒲鉾肌なのよ、特上蒲鉾肌、と。

「卵屋さんは最近どうなの？」

「……いえ、まあ」

「今はいいけど、独りだと歳を取ってからきついよー」

夫人にとって、独り身の章は「気の毒な人」以外の何者でもない。趣味が一人カラオケだと知れたときには呆れられ、挙げ句に心底同情された。長居するとなにを言われるかわかったものではない。章はそそくさと蒲鉾店を出た。風はほとんど収まっている。明日の朝は冷えるだろう。

八百屋に肉屋に魚屋。パン屋に和菓子屋に総菜屋。洋品店に薬屋。本屋が消えるとはいえ、これだけの業種が生き残っていればマシなほうだ。だが、先は厳しい。年々客は減るし、章のように後継者のいない店も多い。十年後、ここは一体どうなっているのか。市川の心配は当然だ。

まだ開いているローズ洋品店の前まで来て、ふとウィンドウに眼が留まった。小さなクリスマスツリーの横に濃紺のセーターが飾ってある。一面に縄模様やら菱形やら何種類もの凝った模様が編み込まれていた。

しばらく見つめていると、奥から店主が出てきた。歳は七十を超えているはずだ。黒々と染めた巻髪。真っ赤な唇。若い頃は加賀《かが》まりこに間違えられたと自分で言っている。みなは「ローズさん」と呼んでいた。

「いいだろ、それ。手編み。いい毛糸使ってて、すごく暖かいよ」

手編みと聞き、章は驚いた。こんな複雑な模様を編むのには、一体どれだけの手間が掛かるのだろう。想像もつかない。

「もともとはヨーロッパの漁師が着てたデザインだってさ」

セーターの濃い青は、はるか北の暗く深い海を思わせた。雪交じりの風。波飛沫《なみしぶき》。揺れる小さな船。海の男は赤くかじかんだ手で漁網をたぐる——。

日頃、服には関心のない章だが、なぜかこのセーターには心惹かれた。値札には一万五千八百円とある。ブランド品でもないただのセーターなのに、結構な値段だ。量販店に行けば半分ほどの値段で買える。高すぎる、と思いながらも、ウィンドウの前を離れられなかった。

「すごくお買い得だよ。ほぼ材料費だけの値段なんだからさ」え、とローズさんの顔を見ると、呆れた顔をされた。

「いい毛糸は高いんだよ。それに編む手間賃がタダだと思ってんのかい？　こんなセーターはデパートで買ったら、目の玉が飛び出るくらいの値段になるんだよ」ウィンドウからセーターを下ろし、章の前で広げた。「目が揃っててきれいだろ？　ほんと、上手《じょうず》に編むねえ」

近くで見ると、濃紺の毛糸はしっかりと丈夫そうで、しかも控えめな光沢があった。ファッションに疎い章にだってわかる。たしかにこれはいいものだ。だが、このセーターには高級品でございますという気取りがない。ボコボコと立体的な編み柄は無骨で粗削りで、労働着、防寒着としての主張が感じられる。

「ほら、サイズもぴったり」

ローズさんが勝手に章にセーターを合わせて言う。章はちらと鏡を見た。痩せてすこし髪の薄い男が背を丸めて立っている。濃紺のセーターだけが輝いていた。章は慌てて眼を逸《そ》らした。

「卵屋さん、ネイビーブルーが似合うねえ。十歳は若返った感じ。ほんと似合う」

加賀まりこ似の店主に言われて、章は気恥ずかしくなった。どうせお世辞だと思いながらも、もう一度鏡を見てみる。そして、ふと思った。

思ったよりも悪くないいんじゃないか?

毎日毎日、前屈《まえかが》みでだし巻きを焼いているから、いつの間にか猫背気味になっている。章は背を伸ばして、胸を張ってみた。久しぶりに肩の筋肉が伸びる。全身に気持ちのいい刺激が広がった。

たしかに悪くない。いや、もしかしたら、すごくいいかもしれない。

海の男には船を降りれば家がある。休日は家族と過ごす。妻の手編みのセーターを着て、子供と遊ぶ。犬も飼っている。海からは強い風が吹きつける。だが、家の中は暖かい。暖炉の火を眺めながら、海の男は満ち足りている――。

章は自分の手を見下ろした。あちこち火ぶくれができた手だ。海の男の冷たくかじかんだ手とは正反対だが、無骨なところは同じだ。

「……お金、取ってくるんで」

セーター一枚買うだけで、どうしてこんなに緊張しているんだろうか、と思った。


小西鶏卵店のだし巻きが有名になったのは十七年前。堀尾葉介のおかげだ。

堀尾葉介は当時、「RIDE」というアイドルグループの一員だった。十四歳でデビューして、その二年後には爆発的に売れ出した。

そんな人気絶頂の堀尾葉介がバラエティ番組の「思い出ごはん」という企画で、商店街を訪れることになった。堀尾葉介の父は転勤族で、全国あちこちを回っていた。小学生の頃、朝田商店街の近くで暮らしていたことがあるそうだ。

当時、章は二十四歳。大学を出てセメント会社に就職し、東京で働いていた。堀尾葉介が来る、と興奮した母から電話をもらった。だが、会社はちょうど部署の整理と再編を行っているときだった。章の働く部署も統合され、忙しくてそれどころではなかった。

ロケ当日の様子は母から電話で聞いた。

まだ十六歳の堀尾葉介は初々《ういうい》しさを残した美少年だったという。びっくりするほど顔が小さくて、足が長かった。商店街のみなに丁寧に頭を下げて回った。どのスタッフよりも腰が低く礼儀正しかった。ローズさんも市川夫人も頰を染め、見とれていたという。

「美味しい。親父《おやじ》と食べた懐かしい味です。甘くないのに、すごく優しい味で……」

カメラの前で堀尾葉介は父の焼いただし巻きを頬張り、美味しいと繰り返した。すこしも大げさではなく、嫌みでもなかった。そして、幼少期の父との思い出を語った。

「ここのだし巻きがご馳走《ちそう》でした。親父はビールを飲みながら、僕はご飯のおかずに食べて。……遠足のお弁当にも入れてもらったな。弁当箱を開けるのが楽しみでした」

ファンの間では、堀尾葉介が父子家庭育ちで苦労したというのは周知の事実だった。堀尾葉介がうっすらと涙を浮かべてだし巻きを食べる様子に、もらい泣きする者もいたという。

「僕も親父も、この店のことを『だし巻き屋さん』って呼んでました。夕方、仕事から帰って来た親父が僕にお金を渡して言うんです。『おい、葉介。だし巻き屋さんに行ってこい。できたての熱々を買って来てくれ』って。僕はお金を握り締めて、だし巻き屋さんまで走りました。時間が遅くて、もうシャッターが閉まってたときがあったけど……がっかりしてたら、店のおじさんが特別に焼いてくれたんです。あのときは嬉しかった」

放送翌日、小西鶏卵店には開店前から行列ができた。ほとんどが若い女性で、みな店の前で記念撮影をし、だし巻きを買った。一日中行列は途切れず、どれだけだし巻きを焼いても客が減ることはなかった。

一ヶ月が経っても騒動は収まらなかった。それどころか夏休みに入ると、全国からファンが押し寄せるようになった。小西鶏卵店のだし巻きは、ファンの間では「葉介だし巻き」と呼ばれ、知らぬ者はないほどになった。

その頃、章は新しい部署で来年度からの海外勤務を打診された。章は休みを取って実家に戻って報告することにした。母は一応喜んでくれたが、父は店のことで頭がいっぱいのようだった。章の話などまるで聞こうとしない。

「なにもそこまで働かなくていいだろ。たいして儲《もう》かるわけじゃないのに」

材料は相当よいものを使っているが、値段は抑えている。良心的だが、商売上手ではない。

「バカ。楽なんかできるか。わざわざ全国から買いに来てくれるのに」

父に一喝され、章はかっとした。苦労して就職活動をし、会社に入ってからは毎晩遅くまで残業している。今は海外赴任の不安だってある。それでも頑張っているんだ。そんな努力など、父にとっては無意味なのか。

瞬間、幼い頃からの記憶が次々と甦ってきた。父はいつ見てもだし巻きを焼いていた。遊んでもらったことも、話をしたこともない。大学に行きたいと言ったときも、そうか、の一言だけだった。章はこう感じたことがある。だし巻きを焼く機械と変わらない、と。

「たかだか一本三百円のだし巻きじゃないか」

思わず口にすると、さっと父の表情が変わった。怒りを浮かべて一瞬だけ章をにらんだが、すぐに眼を逸らした。そして、なにか堪えたような声で呟いた。

「憶えてるんだ。夜遅く、あの子が小銭握り締めてだし巻きを買いに来たのをな。……あんな立派になって」

あんな立派になって、か。章は父の言葉に打ちのめされた。堀尾葉介は章よりも八つも年下だが、一体どれだけ稼いでいるのだろう。もし仮に章が超一流企業に就職していたとしても桁が違う。太刀打ちできない。

翌朝、章は実家を後にした。早朝だというのに、もう待っている客がいる。隣のパン屋がガラスドアを拭いていた。挨拶したが無視された。

父が倒れたのは、それから三ヶ月後のことだった。それでも父は店を閉めることを嫌がった。這《は》ってでも店に出て、だし巻きを焼くのだと言い張った。母は章に戻ってくれるよう、泣いて頼んだ。悩んだ末、章は退社して実家に戻った。翌年父は亡くなり、章は店を継いだ。


濃紺のセーターはずっしりと重たいが、機械編みの安物とはまるで違って暖かかった。近所を歩くだけならコートなどいらない。自由に身体が動いて、章はすっかり気に入った。

福袋の件で丸市蒲鉾店に出向いた。だし巻きを入れることも考えたが、やはりやめた。日持ちさせるには真空パックをしなければならないが、手間が掛かる。面倒だ。

「福袋ですが、全国のブランド高級卵の詰め合わせを」

「うーん、お手頃感はあるけどさ、なんか華がないなあ。だし巻きはやっぱり無理？　小西鶏卵と言えばだし巻きだろ？」

市川のダメ出しに頭を掻いていると、夫人が出てきた。章を一目見て、驚いた顔をする。

「あらあ、卵屋さん。そのセーター、ローズさんとこで買った？」

「……まあ」

「おしゃれに目覚めたわけ？　もしかしたら、彼女できた？」

「いや、別に……」

すこしぶっきらぼうな返事になったが、市川夫人は気にもしない。にこにこ嬉しそうだ。

「私、駅前の文化教室の編物講座に通っててね、そこの内藤《ないとう》先生は親切で教え方がうまいのよ。見本で編んだセーターがある、って言うからローズさんとこを紹介したの。早速売れてよかった。私の顔も立ったわー」

あのセーターを編んだのは編物講師か。勝手に「海の男の妻」を想像していたのでがっかりしていると、市川が割って入った。

「おまえ、まさか、手数料取ったりしてないだろうな」

「そんなことするわけないでしょ。私は先生のためを思って……」

言い合いがはじまったので、章はそそくさと店を出た。心配はいらない。しょっちゅう口げんかしているが、仲はいい。後ろから市川夫人の声が飛んできた。

「セーター、よく似合ってるよー」

急に顔が熱くなった。章は思わず駆け出した。夜気が頬に心地よかった。

＊

三日後、市川夫妻がいきなり見合い話を持って来た。熱心なのは夫人のほうだ。かかあ天下も上州名物だ。市川夫人は働き者でしっかり者だが、お節介焼《せつかいや》きでもある。

「年末の忙しいときに悪いと思ったんだけど、ほら、思い立ったが吉日《きちじつ》って言うでしょ」

「いえ、俺は結婚なんて……」

すると、市川夫人はにやっと笑った。

「あのセーターを編んだ人だと言ったら？」

名は内藤百合《ゆり》。四十歳。結婚歴はない。大学を出てＯＬをやっていた。二十七歳の頃、父親が倒れた。翌年、介護をしていた母親も倒れた。百合は退職し、両親の面倒を見ることにした。父はその三年後に亡くなった。百合は残された母の介護を続けた。そうやって七年が経った。やがて母が亡くなり、とうとう百合は独りになった。今は趣味を生かし、編物講師として生計を立てているという。

「向こうもはじめての見合いなんだって。だから、いい組み合わせだと思うんだけどね」

結局、押し切られた。クリスマスの二週間ほど前、市川夫妻の行きつけのレストランで見合いをすることになった。

百合は地味で平凡な女性だった。中肉中背。髪は黒で長さは肩まで。ゆるいパーマが掛かっている。ワイン色の無難なワンピースを着ていたが、似合うとも似合わないとも言えない。美人でも不美人でもなく、愛嬌《あいきょう》のある顔でも陰気な顔でもない。プロの似顔絵師でもきっと困るだろう。

章がまず感じたのは「繰り返す静けさ」だった。うまくは言えないが、なにか静かなものが延々と続いていく。昨日も、今日も、そして明日も、途切れることはなく繰り返す。そんな印象を受けた。

互いに最低限の挨拶はしたが、会話が弾まない。主に話していたのは市川夫妻だった。

「内藤先生は優しくて、どんなに失敗してばっかりでも、根気強く教えてくださるのよ」

章は黙ってうなずいた。市川夫妻は章がなにか言うのを待っていたようだが、章が何も言わないので仕方なしに夫人が言葉を続けた。

「先生は小さい頃から編物が得意だったんですか?」

「家に病人がいたものですから、枕元で時間潰しに編んでただけで」百合が恥ずかしそうに言った。

「先生はずっとご家族の看病をなさってたの。偉いでしょ?」

そうか、なるほど。百合が静かなのは病人の世話をしていたからだ。自然に息をひそめ、音を立てずに生きる習慣がついたのだろう。

市川夫人が章と百合の顔を見比べ、口を開いた。

「例の紺のセーター、すごく気に入ったみたいでよく着てくれてるのよ」

「ありがとうございます。私、アランセーターを編むのが好きなんです」

「……アランセーター?」

思わず訊き返すと、百合がすこし嬉しそうに説明してくれた。

「あれはアランセーターって言うんです。アイルランド、アラン諸島が発祥です」

やはり北の海だった。雪交じりの風。凍り付くような波飛沫。脳裏に海の男の家が浮かんだ。

火の燃える暖炉の前で編物をしている女がいる。その女の顔が突然、百合になった。章はどきりとし、返事ができなくなった。黙り込んだ章を見て、市川がとってつけたかのように笑った。

「そうそう、小西鶏卵のだし巻きは絶品なんですよ。先生は食べたことがありますか?」

「いえ、すみません。まだ……」

「じゃあ、今度ご馳走してもらったらいい」市川が章に顔を向けた。「なあ?」

「ええ、はい」それだけ言ってうなずいた。

そこで、また話が途切れた。中途半端な沈黙がじわじわと広がる。久しぶりに着たスーツが身体に馴染《なじ》まず、落ち着かない。章は水をお代わりし、おしぼりで何度も手を拭いた。

「じゃあ、私たちはこれで」

市川夫妻が席を外した。章は残り少ないコーヒーを飲み干した。今ここでお代わりを頼めば、すこしくらいは間が持つだろうか。ウェイトレスに合図しようと片手を上げかけたとき、ふいに内藤百合が口を開いた。

「そう言えば、だし巻きサンドイッチってありますね。私は食べたことがないけど美味しいらしいです」

百合が笑いかける。無理をしているのがわかった。きっと百合も市川夫人に無理矢理に連れて来られたのだろう。義理を果たすためにここにいるだけだ。

「そうですか」

あまりにぶっきらぼうな返事になったのが自分でもわかった。これでは喧嘩《けんか》を売ったのと同じだ。さっと百合の顔が引きつった。

章は慌てて眼を逸らした。いたたまれなくなった。

「……いや、すみません」

「いえ」百合が引きつった顔のまま笑った。

その後も会話は弾まなかった。結局、気まずいまま別れた。

家に帰って、スマホで「アランセーター」を検索してみた。フィッシャーマンズセーターとも言うらしい。模様は様々で、ケーブル、蜂の巣、生命の木などの名前がついていた。その模様を組み合わせることで、一枚だけのアランセーターができあがる。検索を続けるうち、古いモノクロの画像を見つけた。アランセーターを着たスティーブ・マックィーンだ。ごくシンプルなアランセーターだったが、実に渋い。

「『大脱走』か……」

大学生の頃、彼女の下宿で観た。彼女はあまり興味をそそられなかったようだが、章は夢中になった。ラスト近く、バイクで逃走するシーンは忘れられない。その後しばらく、本気でバイクの免許を取ろうかと悩んだくらいだ。

はじめてできた彼女で、いずれは結婚するのだろうな、と思っていた。彼女も章と同じ気持ちだと信じていた。就職してからも付き合っていた。貯金ができたらプロポーズするつもりだった。

そんなとき、父が倒れた。母に懇願され、店を継ぐことになった。彼女には実家が鶏卵店ということは話してあった。

「俺と一緒に来てほしい」

良い返事がもらえると疑わなかった。だが、彼女は黙り込んだ。そして、長い沈黙の後、すこし考えさせて、と彼女は言った。

一週間後、いつも待ち合わせる喫茶店で会った。彼女は運ばれてきたコーヒーには手をつけず、章の顔をじっと見て言った。

「いきなり言われても無理。お父さんは具合が悪いんでしょ？　その世話しながら家事をやれ、店をやれって……。そんなのできるわけない」

思い詰めた顔だった。章はたじろいだ。

「店のことは俺とおふくろでやる。親父の世話も……」

「自営に嫁いで、あたしだけ手伝わないなんて通るわけない。そんな調子のいい口約束されても、信じられないし」

「いや、絶対に負担は掛けない。約束する」

彼女は黙り込んだ。そして、しばらくためらった末に、泣いているのか怒っているのかわからない調子で言った。

「ごめん。やっぱり無理」

コーヒーを飲み干すと、彼女は席を立った。それきり会っていない。

遠い昔の話だ。考えても仕方ない。章はスマホを置くと、明日の仕込みをした。厚い昆布を丁寧に拭いて汚れを落とし、水に浸す。このまま一晩置いて、じっくりとだしを取る。朝になったら、その日使うぶんだけの鰹節《かつおぶし》を削り、昆布だしを沸かして入れて――。繰り返しだ。毎日、同じことの繰り返し。

底冷えのする店は静まりかえっている。章は椅子に腰を下ろし、しばらくじっとしていた。バイクでジャンプするスティーブ・マックィーンが浮かんだ。鉄条網に絡まっていても格好《かっこう》良かった。だが、興奮する章の横で彼女は退屈そうだった。まさか、あの頃から独り相撲をしていたのだろうか。

章はゆっくりと立ち上がり、店の灯《あか》りを消した。

翌日、章は丸市蒲鉾店に出向き、断りの返事をした。だが、市川夫妻は引き留めた。

「急に二人っきりってのが無理だったかもな。今度は最後まで一緒にいるから、もう一度だけ会ってみてくれよ」

「今度はあのセーター、着てらっしゃいよ。よく似合ってるから」

似合ってなどいない。俺はマックィーンじゃない。そう思ったが、無理矢理に約束させられた。

「もし、うまくいったら、クリスマスは二人で、ね」

市川夫人はにやにやしている。うまくいくことなどないと思ったが、面倒臭いので言い返さなかった。

週末、今度は四人でカラオケに行くことになった。章は言われたとおり、アランセーターを着て行った。

「わざわざ着て来てくださって、編んだ甲斐がありました」

章を見て、百合が嬉しそうな顔をした。笑うと百合の目尻に一本、目立つしわができた。三日月のようにくるんと反り返ったしわだ。章はどきっとした。

「いえ……」反射的に言ってから章は焦った。なぜ、なにを否定したのだろう。慌てて言い直す。「気に入ってますので」

章の言葉を聞き、百合が微笑《ほほえ》む。また、目尻にしわができる。すかさず、市川夫人が突っ込む。

「卵屋さん。一目惚《ひとめぼ》れだもんねえ」

たしかにこのセーターには一目惚れした。だが、この言い方では、まるで百合に惚れたようではないか。かと言って、否定すると角が立つ。百合もさりげなく眼を逸らした。

「さあ、時間がもったいない。どんどん歌うよー」

市川の掛け声でカラオケがはじまった。百合の歌い方は丁寧だった。曲を崩したりせず、素直に歌う姿に章は好感を持った。声質は穏やかで、低音に丸みがあった。

「いい声ですね」勇気を出して言ってみた。

「ありがとうございます。小西さんこそ本当にお上手で。よくカラオケにいらっしゃるんですか？」

「いえ、たまに」

「お上手だから、しょっちゅう通ってらっしゃるのかと」

「変化がないので退屈しのぎに……」

「変化がないってどういうふうにですか？」

百合が真顔で訊いてきた。章は驚いたが、会話を続けることができてほっとした。

「毎日、だし巻きを焼くだけです」

鰹と昆布でだしを取る。卵を割ってほぐし、だしと合わせて卵液を作る。銅の卵焼き器に油を引き、卵液を流し、色を付けないように焼き、巻く。また卵液を流し、焼き、巻く。日々その繰り返しだ。

「私もそうです」

百合の顔が一瞬輝いたように思えた。笑うと、また目尻にきれいなしわができた。

「毎日、編むだけです」

ふと光景が浮かんだ。赤城おろしの吹く家、男はだし巻きを焼いている。男の横には女がいる。女は一針一針、編み棒を動かしていく。聞こえるのは風の音だけ。毎夜、その繰り返しだ。

想像すると、急に動悸《どうき》がした。

次に百合が選んだのは「ＲＩＤＥ」のヒット曲だった。章でも知っているくらいの有名なバラードだ。

モニターにコンサート映像が流れた。まだ若い堀尾葉介が歌っていた。ドームの中央に設けられたステージ。何万というファン。ライト。歓声。巨大スクリーン。熱狂。揺れるサイリューム。

血の気が引いた。息が詰まる。一瞬で心が冷え、章は反射的に席を立った。カラオケボックスを飛び出すと、市川が追いかけて来た。

「どうしたの、卵屋さん」

「すみません」

逃げるように家に帰った。店はきれいに片付いている。ショーケースは空だった。明日になれば、またここにだし巻きを並べる。明後日《あさって》も並べる。明明後日《しあさって》も、その次の日も、だし巻きを焼いて並べる。その繰り返しだ。章は冷え切った店に立ち尽くしていた。

次の日、章は市川夫妻に会って、正式に断った。市川夫人はカンカンだった。

「卵屋さん、あんまり失礼じゃない。あの後、先生、半泣きだったんだから」

「すみません」

「ねえ、理由はなに？　先生のどこが気に入らないの？」

わかっている。これは逆恨みだ。堀尾葉介に責任転嫁しているだけだ。だが、自分ではどうしようもない。もうどうしようもない。

黙りこくる章を見て、市川が大きなため息をついた。

「まあ、これぱっかりは縁だから仕方ない。……それはそうと、さっき、商店街にテレビの取材の申し込みが来たんだ。年明けに堀尾葉介が来るって。映画の宣伝コミだろうな」

堀尾葉介の名を聞き、章はぎくりとした。堀尾葉介は今はアイドルではなく俳優に転身している。様々な賞を獲《と》り、日本映画を支える実力派の一人になった。

「立ち寄りたい店のリストが来てて、もちろん、卵屋さんも入ってる。って言うか、卵屋さんがメインだよ。だし巻きを食べて思い出話をしてもらうそうだ。この商店街にテレビの取材なんて久しぶりだよな」

また、ファンが押し寄せるのか？　また、みなに迷惑を掛けるのか？　また、あの女のような人間が来るのか？

「……すみません。その取材、遠慮させてください」

「ちょっと待って。番組のメインは『だし巻き』なんだよ。わかってるだろ？　堀尾葉介が思い出のだし巻きを食べるために、うちの商店街に来るんだよ。だし巻きがなかったら意味がないんだよ」

「……すみません」

「なんで？　親父さんが生きてたら、きっとがっかりするよ。前に堀尾葉介が来たとき、ほんとに喜んでたんだよ。卵屋をやっててよかった、って」

章は黙っていた。市川は懸命に説得してきた。

「そりゃさ、テレビに出るメリット・デメリットいろいろあるだろうよ。でもさ、じり貧の商店街のことも考えてよ」

「うちのだし巻きが売れたら、他の店に迷惑が掛かります。森田パンさんだって……」

昔、堀尾葉介が朝田商店街を訪れた後、ファンが押し寄せた。小西鶏卵店には毎日長い行列ができ、通行の妨げになり他の客から苦情がきた。また、当時アイドルだった堀尾葉介のファンは若年層が多かった。その中にはマナーの悪い者もいた。ゴミを捨てたり大声で騒いだり、トラブルになったこともあった。何度も注意したが、あまり効果はなかった。

それでも、商店街全体にメリットがあればまだよかった。だが、売れたのはだし巻きだけだ。小西鶏卵店以外の店にはデメリットしかなかった。一番迷惑を被ったのは、隣の森田パンだった。だし巻きを求める客の列が店の入り口を塞ぎ、売り上げが激減したのだ。様々な対策を講じたが、押し寄せる堀尾葉介のファンの前にはあまり効果がなかった。閉店寸前まで追い込まれたパン屋は激怒し、何度も小西鶏卵店に怒鳴り込んだ。

父が倒れたのは過労のためだけではない。商店街の他の店に迷惑を掛けているという心労もあった。

「森田さんはこう言ってる。――正直言って迷惑だが、商店街のために協力する、って。だから、約束したよ。できるだけ迷惑が掛からない方法を考える、って。なあ、だから、卵屋さんも協力してくれ。堀尾葉介はもうアイドルじゃない。昔みたいな非常識なファンは来ないよ」

市川の気持ちが痛いほどわかる。商店街にもう一度活気を取り戻したいという熱意がないわけではない。やはり協力すべきか、と思った瞬間、頭の中で声がした。

――あんたにはなんの興味もないの。

「すみません。すこし考えさせてください」

堀尾葉介。俺の人生を狂わせる男。怨《うら》めたらどんなにいいだろう。

＊

今から十年近く前、堀尾葉介が「ＲＩＤＥ」を脱退して大騒ぎになってから、二年ほど経った頃だ。章は三十二歳になっていた。前年に母が他界し、一人でだし巻きを焼いていた。

ときどき店にだし巻きを買いに来る女がいた。隣町の会計事務所で事務をしているという。二十代半ばのぽっちゃりした色白で、美人ではないが可愛《かわい》らしいタイプだ。人なつこくて愛嬌があった。

――ほんとに美味しいですね。ここのだし巻き。あたし、一人で一本ぺろっと食べちゃうんです。

店に来るたび、卵を焼いている章に話しかける。

――やっぱりプロの技はすごいですね。あたし、こんな綺麗《きれい》でふわふわのだし巻きは作れないから。

章は当惑して「いつもありがとうございます」としか返事ができなかった。

ある日、一人でカラオケに出かけたとき、ばったり女と会った。女も一人で来たという。

――わあ、すごい偶然ですね。ね、一緒に歌いませんか？

女は流行の曲をそつなく歌った。章が歌うと、上手だ、と手を叩いて褒《ほ》めてくれた。

——ね、よかったら今度も一緒に行きませんか？　あたし、本当は一人カラオケが寂しかったんです。

やがて、章は女と休日を一緒に過ごすようになった。女は章の家に通ってきて、甲斐甲斐しく世話を焼いた。思い切って章が結婚を申し込むと、女は涙を浮かべて喜んだ。

女の両親はすでに亡くなり、他に身内もないという。気を遣うことはなにもない、と言われたが、章は過去の失敗が気になった。独り相撲は御免だ。今度は失敗したくない。

「自営に抵抗があるなら、店を畳んでもいいんだが」

「店を畳むなんて絶対にダメ。ここのだし巻きがなくなると、がっかりする人がたくさんいるし」

突然、女は血相を変えて反対した。章は驚いたが、とにかく落ち着いて話をしようとした。

「でも、ろくに休みもないし、将来の保証もない。君さえよければ転職を考えてもいいんだが」

多少の蓄えならある。もう一生分のだし巻きは焼いたような気がする。そろそろ、新しい人生をはじめてもいいはずだ。

「なに言ってるの？　ここのだし巻きを楽しみにしてるお客さんがいるでしょ？」

女は店を続けることにやたらとこだわる。章は不自然なものを感じた。

「なんで、そこまでこの店にこだわるんだ？」

「別に……」

「じゃあ、店を閉めてもいいだろう？」

「ダメ」女は言下に否定した。

「それはどういう意味だ？　頼むから本当のことを話してくれ」

章が問い詰めると、女はすこしためらってから言った。

「勝手に店を畳んで、もし葉介が買いに来たらどうするの？　店がなくなってたら葉介がかわいそうじゃない」

「葉介って……堀尾葉介か？」

すると、女は苛立《いらだ》たしげな表情で章を見た。

「他に誰がいるっての？　ここにいたら葉介が来るかもしれないでしょ」

「まさか、堀尾葉介目当てで俺に近づいたのか？」

堀尾葉介には熱狂的なファンがいることは知っていた。だが、来るかどうかもわからない葉介のために、好きでもない相手と結婚するなど理解できない。啞然《あぜん》としていると、女は吐き捨てるように言った。

「そうよ。はっきり言って、あんたにはなんの興味もないの。あたしは葉介に会えたらいいの。ねえ、だから結婚して。お願い」

女の眼は取り憑《つ》かれたようにぎらぎら光っていた。ぐっと身を乗り出し、章に詰め寄る。

「なんでも言うことを聞くから結婚して。あたし、一目でいいから葉介に会いたいの。ねえ。

お願い」

章は思わず後退《あとずさ》った。女は章にしがみつき、上目遣いで見た。

「悪い話じゃないでしょ？　あたし、家事も店のこともちゃんとやるから。あんた、この先、結婚のあてはあるの？　跡継ぎはどうするの？　このままじゃ孤独死かもよ」

女の赤い唇が笑った。章は打ちのめされた。女はカラオケでは一度も「ＲＩＤＥ」の曲を歌わなかった。周到に正体を隠していた。なにもかも計画的だったのだ。こんな人間がいるのか。こんな酷《ひど》いことができる人間がいるのか。信じられない。

女を追い出し、章は顔を覆った。あんたにはなんの興味もないの、という言葉がぐるぐると頭の中で渦を巻いた。どうしようもなく惨めだった。


例年通り、クリスマスはだし巻きを焼いて過ごしていると、市川夫人がやってきた。

「ほら、これ。内藤先生から」赤と緑のリボンのかかった紙袋を章に渡す。「断られる前に編みはじめてたんだって。無駄にするのはもったいないから、って」

「いえ、でも……」

「ありがたく受け取ったら？　先生、純粋に編むことが好きみたいだから」

「……すみません」

「内藤先生、いい人だと思うけどねえ。気配りもできるし」

章は黙っていた。市川夫人はため息をついて、言葉を続けた。

「あそこのだし巻きは堀尾葉介のお気に入りなんだよ、って言ったら、『ＲＩＤＥ』の歌を練習しよう、って、わざわざカラオケに通ってさ。あなたが話しやすいように取っ掛かりを作ったんだよ。なのにさ」

え、と思って市川夫人の顔を見た。

「厳しいこと言うけどね、あなた、内藤先生のためになにかした？　先生はあなたとお見合いするからって、美容院にも行ったたし、カラオケの練習もしたし、新しい洋服だって買った。はじめて会う人のために頑張ったのよ。でも、あなたはどう？　口下手だから、人付き合いが下手だから、って言い訳してなんにもしない。怠けて甘えてるだけじゃない。違う？」

章は混乱した。章のために百合がそんな気遣いをしていたなど、想像もしなかった。

「テレビの取材だって簡単に断る気？　商店街の人はみんな期待してる。でもね、卵屋さんのことだって心配してるの。あなたのお父さんがテレビに出たせいで過労で倒れたこと、憶えてるから」

市川夫人は二重顎《あご》を揺らして、大きなため息をついた。

「別に他人にヘイコラしろって言ってるんじゃないの。でもね、もうちょっと努力してもいいんじゃない？」

章はなにも言い返せなかった。市川夫人が帰った後で紙袋を開けると、中には白いマフラーが入っていた。濃紺のアランセーターと同じ模様だ。

アランセーターを着てマフラーを巻き、鏡の前に立った。眉間《みけん》と口許《くちもと》のしわが深い。眉を寄せ、歯を食いしばって、だし巻きを焼いているうちにできたしわだ。マックィーンのように渋いのではなく、ただの意固地に見えた。

百合の目尻のしわが浮かんだ。あの歳まで一人だったのは俺と同じだが、俺とは違って笑うことを忘れなかった。きっと、病人の世話をしていたから、声を立てずに静かに笑ったのだろう。だから、口許にはなく、目尻にだけしわがある。

ふっと百合の言葉を思い出した。だし巻きサンドイッチというものがある、と。

一晩考えた。そして、次の日、隣の森田パンに顔を出した。

章を見た途端、パン屋が胡散臭《うさんくさ》げな顔になる。明らかに歓迎されていない。引き返したくなったが、覚悟を決めて口を開いた。

「テレビの件ですが、やるからには反響が欲しい。また毎日行列ができるくらいの」

みるみるパン屋の表情が険しくなる。二十年以上、人間関係を怠けてきた結果か。甘えを振り切り、章はなんとか言葉を続けた。

「だから、条件を付けます。堀尾葉介がうちに来たら、ただのだし巻きじゃなくて、新製品を食べてもらう。ある人に聞いたんですが、だし巻きサンドイッチというのがあるらしい。だから、今回はだし巻きサンドイッチを出そうと思います」

パン屋の顔がいっそう険しくなった。勘違いされている。章は慌てて言った。

「うちはだし巻きは焼けるけど、サンドイッチは作れません。だから、共同開発というのはどうでしょうか。うちがだし巻きを提供して、森田さんがサンドイッチを作って売るというのは？」

パン屋は驚いた顔で章を見ていたが、やがて信じられないというふうに言った。

「卵屋さん、いいのか？」

「ええ。それはもちろん」

章はほっとした。気付くと掌に汗をかいていた。落ち着け、と自分に言い聞かせる。まだ努力をはじめたばかりだ。大事なのはこれからだ。

その日の夜から、早速試作品に取り掛かった。焼きたてのだし巻きでサンドイッチを作ってみた。

「あ、これはダメだ」

パン屋はできあがったサンドイッチを手に取った段階で、首を横に振った。焼きたてのだし巻きを挟んだサンドイッチは、口に運ぼうとしただけで潰れ、熱いだしがぽたぽたと滴り落ちた。

だしがたっぷり入っているから、だし巻きだ。焼きたてを食べるなら問題ない。だが、冷めて時間が経つと、だしが浸《し》み出してくる。パンに挟むとなると問題だ。

章は苦労しながら一口食べた。もちろん不味《まず》くはない。だが、ぼやけた味に思えた。もともと、甘さ控えめのシンプルな味付けだから、サンドイッチの具材にすると弱い。

パン屋も一口かじったサンドイッチを見つめ、悩んでいる。

「パンも工夫しないとな。すこし甘めの生地にするか、それとも湯種《ゆだね》を使うか。どっちがいいか。パンの厚さも問題だな。薄すぎても厚すぎてもダメだ」

とりあえず、それぞれ工夫することにして、一旦別れた。

その日から、サンドイッチ専用だし巻きの開発に取り掛かった。そして、だしに葛粉《くずこ》を加えることにした。仕出し弁当に入れる際にやる手法だ。これならば冷めてもだしが浸み出すことはない。問題は葛粉の分量だ。章は何度も試作を繰り返し、冷めても柔らかく、それでいてだしが浸み出さない配合を探し続けた。

店には、十七年前に堀尾葉介が商店街を訪れた際のビデオテープがあった。章は押し入れから年代物のデッキを取り出し、久しぶりにテレビにつないだ。早速、再生してみる。

まだ賑わっていた頃の商店街の様子が映った。懐かしい光景だ。あれは赤井書店だ。店先の棚に雑誌がずらりと並んでいる。市川夫妻もいる。夫人が細い。

店が映った。父と母が生きていた。父は着古したTシャツに黒の前掛けをして卵を焼いていた。母も着慣れたエプロン姿で店にいた。二人とも普段の格好のままだった。

堀尾葉介が立ったまま、だし巻きを食べていた。この頃はまだ十六歳か。初々しさの残る頬を染め、眼をかすかに潤ませている。

――まだ熱々のだし巻きを抱えて、走って家に戻るんです。そして、大根をおろす。親父は大根おろしに醤油を掛けて、美味しそうに食べてる。僕はケチャップで食べました。

父も母も嬉しそうに堀尾葉介を見守っていた。

章は画面を眺めながら、今さらのように気付かされる、俺はまだ堀尾葉介に嫉妬している。羨ましくて仕方がない。

――子供が一人で買いに来ても親切にしてくれた。僕はこの店が大好きでした。

堀尾葉介が一瞬だけ眼を伏せた。子供の頃を思い出したのか、その表情は切なかった。

翌日、森田パンにビデオを見せて、相談した。

「パンにケチャップを塗ったらどうでしょう」

「オムレツサンドならケチャップでもいいが、だし巻きだからなあ。からしバターかわさびバターのほうが味が締まるんじゃないか?」パン屋は首を傾《かし》げる。

「大人向けより、子供が小銭を握り締めて買いに来るような味がいいと思うんです」

「うーん、たしかに。しゃれたサンドイッチを売りにしても、この商店街には似合わないもんな」

章とパン屋は何度も試作品を作った。パンは米粉入りにして、もっちりした食感を出すことにした。だし巻きは醤油と砂糖の量はそのままだが、だしを普段より濃く取って風味を強くした。そうやってできあがったのは、片面にケチャップ、もう片面には醤油マヨネーズを塗ったパンに、葛粉入り特製だし巻きを挟んだサンドイッチだった。

早速試食してみる。口に入れた瞬間、奇妙な違和感がある。だが、すぐに醤油の風味とケチャップが口の中で混じり合って、なんとも言えない懐かしさがこみ上げてきた。

パン屋が口いっぱいに頰張りながら言う。

「こりゃ、あれだな。子供の頃の弁当。卵焼きの横にケチャップ炒めのソーセージと煮物が入ってるやつ。卵焼きにケチャップと醬油が染みてな」

この垢抜《あかぬ》けない味はたしかに魅力的だ。これなら堀尾葉介も納得するに違いない。念のため、パン屋の娘、高校生二人に試食してもらった。

「意外とボリュームある。男子にも受けそう」

「なんか一周回ってオシャレかも。古民家カフェで出てきそう」

野暮《やぼ》ったい味付けが癖になるという。合格点をもらえ、二人ともほっとした。

「卵屋さん、大変だな。普通のとサンド用と、二種類焼かなけりゃならんよ」パン屋が笑いながら言う。

章も思わずすこしだけ笑った。そして、真顔に戻って頭を下げた。

「あの頃は本当にすみませんでした。迷惑を掛けて申し訳ありません」

「こっちこそ、相当キツいことを言った。親父さんのせいじゃないのに」パン屋は顔をしかめた。「堀尾葉介か。疫病神なのか福の神なのか、どっちだろうな」

ぼんやりと百合のことを思った。堀尾葉介に人生を狂わされたのは、百合も同じかもしれなかった。

だし巻きサンドに没頭している間に、年が明けた。

＊

びゅうびゅうと赤城おろしが吹きすさぶ日、堀尾葉介がやってきた。混乱を避けるため事前告知はしなかったが、すぐにツイッターで情報が拡散し、ファンが押し寄せてきた。

堀尾葉介は白のセーターにブルゾン、コーデュロイのパンツというラフなスタイルだ。年齢よりずっと若く見えたが、それでいて落ち着いた大人の色気があった。立っているだけで、明らかに常人とは違う。十八年前と変わらぬ態度で、丁寧に挨拶して回った。

章は普通のだし巻きを出した。堀尾葉介は美味しい、と言って食べた。その後、だし巻きサンドを出した。堀尾葉介は意外そうな顔をしたが、一口食べて眼を輝かせた。そして、二つ、三つと手を伸ばし、カメラの前で完食した。そして、礼儀正しくごちそうさまと言った。なにからなにまで完璧な男だった。

ロケは大成功だった。ロケ隊が撤収の準備をはじめると、堀尾葉介が近づいてきた。

「以前のロケのとき、店の親父さんは僕にこう言ったんです」

――うちにも息子がいてね。店が忙しくてちっとも構ってやれなかった。かわいそうなことをした、って気付いたのは息子が大きくなって家を出てからだった。そのせいか、子供が来たら親切にしてやらなくちゃ、と思うようになったんだ。

章は耳を疑った。まさか父がそんなふうに思っていたなど知らなかった。なんと言っていいかわからず、章は堀尾葉介の顔を見つめていた。すると、堀尾葉介が眼を伏せ、低い声でぼそりと言った。

「――その点、堀尾君のお父さんは立派だね。父子二人で仲がよくて、って」

次の瞬間、堀尾葉介は顔を上げてにっこりと笑った。ごうっと商店街を風が吹き抜けていった。章は息が止まるかと思った。凄《すさ》まじいオーラに圧倒されたが、その圧倒される感覚すら気持ちよかった。

「本当に感謝してます」

堀尾葉介が頭を下げた。章もゆっくりと頭を下げた。

「いや、親父の言葉を教えてくれて、こちらこそ……感謝してます」

耳許で渦を巻いていた風がぴたりと止《や》んだ。頭を上げたときには、ずっと胸につかえていたものが消え、身体が軽くなっていた。まるで全身の血が入れ替わったようだった。

ロケ隊が帰ると、パン屋には「堀尾葉介の食べた、だし巻きサンド」を求める客で長い行列ができた。もちろん、小西鶏卵店にも普通のだし巻きを求める客が並んだ。章はひたすらだし巻きを焼き続けた。行列は卵とパンがなくなるまで続いた。

忙しかった一日が終わった。章は風呂に入って、全身に染みついた油の臭いを落とした。そして、アランセーターを着た。

収容所に連れ戻されたスティーブ・マックィーンは、独房の中で再び脱走への闘志を燃やす。タフな男だ。堀尾葉介がアランセーターを着れば、マックィーンのように渋くなるだろう。だが、俺はなれない。バイクにも乗れない。残念な中年男だ。それでも、できることはある。見た目は真似できなくても、タフに生きる真似はできるはずだ。

章は店の中をぐるぐると歩き回った。一周するたびに椅子に腰掛けて考え、また立ち上がって店の中を歩いた。五周ほどして、ようやく勇気が出た。マフラーを巻き、だし巻きサンドを持って店を出た。

街灯には正月飾りがそのままだ。松と紅白の餅花《もちばな》がかすかに揺れている。駅前の文化教室に着くと、編物講座が終わるのを待った。

やがて、時間が来て生徒たちが出てきた。市川夫人もいる。章に気付くと、すぐに声を掛けてきた。

「なに？　どうしたの？　先生に？」

ここで引き留められては、せっかくの勇気が鈍る。そのまま足を進めた。ドアを開けて、教室に入る。すこし広めの会議室といったところだ。百合は一人で片付けをしていた。章を見て、驚いた顔をする。当然だが笑みはない。章は一気に言った。

「この前は本当にすみません。あなたに本当に失礼なことをした。お詫びにこれを……。うちと隣のパン屋とで共同開発した、だし巻きサンドです」

百合は呆気《あつけ》にとられたように章を見ていたが、おずおずと頭を下げた。

「え、いえ。ありがとうございます」

だが、手は出さないので、章は仕方なしに横のテーブルにサンドイッチを置いた。

「迷惑かもしれませんが……単なる言い訳ですが、すこし話を聞いてくれますか？」緊張して舌がもつれた。

内藤百合はすこし迷っていたが、やがて時計を見て言った。

「この教室は九時半までなんです。鍵を返さないといけないので。それまでなら」

章も時計を見た。時間は九時五分。充分だ。ひとつ深呼吸して、また一気に話す。

「すみません。この前のことを謝ります。申し訳ない。あのとき、俺が席を立ったのはあなたのせいじゃない。俺が堀尾葉介を逆恨みしてるせいなんです」

「堀尾葉介を逆恨み？」

章は堀尾葉介との関わりを語った。テレビの取材。父が倒れたこと。恋人に振られたこと。そして、堀尾葉介のファンにだまされたこと。何度もつっかえたが、話し続けた。

「……言われたんです。あんたにはなんの興味もない。堀尾葉介が店に来るかもしれないから、あんたと結婚したいんだ、って」

百合が息を呑んだ。章は構わず言葉を続けた。

「カラオケであなたが堀尾葉介の歌を歌ったとき、そのことを思い出して突然我慢ができなくなって……だから、あなたが嫌だったわけじゃない。すみません」

百合はしばらく黙っていたが、やがてそっと口を開いた。

「それは酷い経験をなさったんですね。話してくれてありがとうございました」

百合の口調はやっぱり静かだった。章は拍子抜けした。

「ああ……いえ」

頭を掻いて、時計を見た。九時十分。自分では覚悟の告白だったが、時間にすればたった五分のことだった。

たった五分か。いざ口に出してしまうと、それほどたいしたことではなかったように思える。もしかすると、これはただの笑い話だったのではないか。

「サンドイッチ、いただいていいですか？」

ほんのすこし笑っただけで目尻にしわができた。だし巻きを箸でくるりと巻いたような、きれいな笑いじわだった。

「マフラー、早速使ってくださってありがとうございます」

「すごく気に入ってます」

百合は美味しそうにサンドイッチを食べている。その間、章は教室の中を歩き回った。今度は三周で勇気が出た。

第三章
ひょうたん池の
レッド・オクトーバー

二十三年ぶりの故国は雨だった。

村下九月《むらしたくがつ》を成田空港まで迎えに来てくれたのは、中尾《なかお》という釣り専門のライターだ。四十過ぎの気のいい男で、九月が現地ガイドを務めたことで知り合った。今回、帰国ついでに簡単な仕事をすることになっている。

「長時間のフライト、お疲れでしょう?」

「六十歳を過ぎると座ってるだけで腰に来ますね」

今は六月半ば。日本はちょうど梅雨の時分だったな、と九月は窓の外を見た。午後五時、空港からの高速道路はひどく混雑している。雨が激しいため、どの車もスピードを抑えているからだ。

「どれくらい日本にいる予定なんですか?」

「一ヶ月くらいは。明日の仕事が終わったら一度田舎に帰るつもりです」

「それは懐かしいでしょう。ゆっくり骨休めですか?」

「いや、これが最後の帰国なので、不動産の処分とか、いろいろ片付けておこうかと」

「え、じゃあ、もう日本には戻らないんですか?」

「向こうに骨を埋《うず》めることに決めました」

中尾がちらとミラーをのぞいて顔をしかめる。見ると、後方から黒のワンボックスが近づいてきた。すぐ後ろにぴたりと付いて、あおってくる。レーンを譲ると、あっという間に追い抜いて行った。そして、今度は別の車をあおる。

あの車、危ないなあ、という中尾の言葉が終わらないうちに、前方で黒のワンボックスが宙に浮いた。その手前でグレーの車がスピンしている。中尾が慌ててブレーキを踏んで減速した。ハザードで後続車に警告しながら、なんとか止まる。

黒のワンボックスは側壁にめり込んで、フロント部分はメチャクチャだった。グレーのコンパクトカーは後部がひしゃげ、斜めになって車線を塞いでいる。グレーの車の運転席から若い男が降りて来た。携帯で電話をはじめる。助手席から降りた女が白い傘を差し掛けた。

白い傘。一瞬、九月は胸に鈍い痛みを覚えた。

「うわあ、参ったなあ」中尾が口髭《くちひげ》を引っ張りながら、うんざりした声で言う。「当分動かないな、こりゃ」

「仕方ない。気長に待ちましょう」

カーナビのテレビはニュースを流している。トップは長雨による各地の洪水被害。次が失言による大臣の辞任と国会の空転。そして、関西で起こった広域連続殺人事件の犯人逮捕。悲惨な幼児虐待事件。最後は動物園で生まれたトラの赤ちゃんだった。

「村下さん、お生まれは関西でしたっけ？　もともとはホテルマンだったとか」

「生まれは三重県、名張《なばり》の山奥です。英語ができたので東京のホテルで働いてました。その後、故郷で釣り堀をやってた時期もあって」

ふっと、東京の地下鉄ラッシュを思い出す。地の底を運ばれていく不快と絶望には、とうとう慣れることができなかった。

「へえ、それは初耳です。釣り堀っていうとやっぱり鱒《ます》ですか？」

「ヘラブナです。『ひょうたん池釣り堀センター』という小さな管理池。ずっとほったらかしにしてたんですが、買い手が現れたらしくて」

「ひょうたん池か。なんかのどかでいいなあ」中尾が声を立てて笑った。

「そんないいもんじゃないですよ。赤字続きのところに震災があって」

「震災？　え、でも」中尾が怪訝《けげん》な顔をした。

「東北の震災じゃなくて、阪神・淡路大震災です」

「あ、そっちか。すみません。震災っていうと、つい東日本大震災が浮かんで」

一九九五年、阪神・淡路大震災のあった年、地下鉄サリン事件の起こった年。あの頃、ひょうたん池はいつも雨だった。

九月はワイパー越しに前方を見た。白い傘がにじんで映っている。濡れた花のようだ。

「じゃあ、アメリカに渡ってガイドになったのは震災のせいですか？」

「いや、たぶんそうじゃない」九月はすこしためらってから言った。「白い傘の女に会ったことですね」

「白い傘の女？　それ、もしかしたらホラーですか？」中尾が面白そうな顔をする。

「男と女が出会ってもつれた。それだけの話です」

「もつれた、か。なんかいい言い方だなあ、それ」

雨。白い傘。女。アヒルの鳴き声。飛び散る羽根。雨。叩きつける雨——。

二十三年前、九月の人生を変えたのは白い傘の女だった。

＊

モンタナが眠ると、「ひょうたん池釣り堀センター」は途端に静かになった。

村下九月はケージに掛け金を下ろし、あたりに散らばっていた羽根を拾った。モンタナはシロアヒルの雌だ。迷い込んだか、捨てられたか、去年から池に居着いている。小さい頃は可愛かったが、まさかあんなにうるさくなるとは思わなかった。調べてみると、アヒルは雄より雌のほうが鳴き声が大きいらしい。

ここは三重県、名張の山奥、赤目四十八滝《あかめしじゅうはちたき》にほど近い場所だ。深い山を縫って川が流れ、その流域に工場と倉庫、田畑と住宅が混在している。ひょうたん池はヘラブナ専門の釣り堀で、小さな野池に川から水を引いていた。裏手はすぐ山で、小さな事務所とプレハブの休憩所がある。駐車場は舗装されていない土のままで、二十台は駐《と》められる広さだったが半分も埋まることはない。車で十分ほど走ったところに設備の整った人気釣り堀があるせいで、ひょうたん池はいつも閑古鳥《かんこどり》が鳴いていた。

九月の自宅は駐車場の裏手にある古い一軒家だ。毎朝家を出て池の横の事務所に座り、夕方になれば家に戻る。家にいても一人、事務所にいても一人だ。

五月も半ばを過ぎたが、朝から雨が落ちて肌寒い日だった。このあたりは山に近く、雨が多い。新緑が鮮やかな時分だが、いつも山は煙っているような気がした。

歩道に突き出したヘラブナの褪《あ》せた看板が、いつもより侘《わび》しく見える。ゴールデンウィークが終わって、ずっと暇だ。一月の阪神・淡路大震災以来、客足が目立って落ちた。平日は一人も入らないことが多く、土日も閑散としている。

九月は客のいない桟橋の掃除をはじめた。モンタナがスノコに飛ばした糞《ふん》を洗い流していると、歩道に人影が見えた。泥だらけの男の子が歩いてくる。五、六年生くらいか。傘は持っていない。うつむいているので顔はよく見えないが、やはり泥で汚れているようだった。

ここは通学路ではないので、普段はあまり子供を見かけない。どうしたのだろう、と男の子を見ていると、突然モンタナが鳴いた。男の子がはっと顔を上げて、あたりを見回す。九月と眼が合って、慌てて眼を逸らした。足を速めて通り過ぎて行く。後ろ姿を見て、どきりとした。ランドセル一面に白のペンで落書きがある。バカ、死ね、オカマ――。

九月は胸が締め付けられるように痛んだ。居ても立ってもいられず、デッキブラシを投げ捨てて入り口に走る。

「君、泥だらけだな。顔くらい洗っていかないか」

男の子が足を止め振り返った。だが、動こうとしない。ぐわ、ぐわ、と目を覚ましたモンタナが鳴き続けている。九月は大声を張り上げた。

「家に誰かいるかい？　電話して迎えに来てもらうか？」

男の子はしばらく考えていたが、ぺこりと小さく頭を下げて釣り堀に入ってきた。九月は男の子を屋外の手洗い場に連れていった。

「まず、ざっと泥を落としてからな。冷たいけど我慢してくれ」

男の子は顔と手足を洗った。大体の汚れが落ちると、事務所に案内した。机とボロボロの応接セットがあるだけの狭い部屋だが、奥に小さなキッチンがあってそこなら湯が出る。ごうごうとやかましい湯沸かし器で熱いタオルを作り、渡した。

男の子が身体を拭いている間、ランドセルの落書きを落としてやった。白の油性ペンで書かれた字を、油を浸み込ませた綿棒で丁寧に拭いていく。側面の名札には「五年二組　堀尾葉介」とあった。九月は一年前のことを思い出し、胸が痛くなった。

「葉介君、家に電話するか？」古い黒電話を示す。

「いいです」男の子は首を振った。

色白の整った顔立ちだ。眼が大きくて睫毛《まつげ》が長い。将来はきっとハンサムになるだろう。だが、今はオカマと呼ばれてしまう。

事務所にあったビニール傘を貸すと、男の子は一礼して立ち去った。九月はその後ろ姿をじっと見送った。胸がまた痛んだ。

次の日も雨だった。九月は底冷えのする事務所の窓からぼんやりと外を見ていた。空も、山も、水も、なにもかも灰色に煙っている。今日も客はいない。

九月は立ち上がって腰を伸ばすついでに、事務所を見回した。古い合皮のソファは傷だらけで、いつもじっとり冷たい。テーブルの上には書類やら領収書が散乱していた。小窓からは、湿った水とモンタナの臭いが混ざり合って漂ってくる。どこにも美しいものはない。ここにいるだけでもの悲しくなるような気がした。

そのとき、客の姿が見えた。白い傘を差した女と男の子だ。女は片手にビニール傘と紙袋を持っている。九月は慌てて外へ出た。

「あの、すみません。昨日、息子がお世話になったそうで」

白い傘の下で、女がすこし緊張した笑みを浮かべる。葉介が後ろで黙って頭を下げた。

「濡れます。とにかく中へ」

二人を事務所に招き入れる。母子はソファに並んで腰掛けた。女は三十代半ばというところか。紺色のワンピースを着て、白いレースのカーディガンを羽織っている。長い髪は胸の下まであった。大きな眼は黒というよりは茶で、どこかぼんやりと揺れて見える。色白で整った顔立ちが息子とよく似ていた。

「昨日はありがとうございました。つまらないものですが、これを」女が紙袋から菓子箱を取り出した。

「いえ、そんなお気遣いなく」

外でぐわぐわとモンタナが鳴いている。葉介は気になるようだ。九月は事務所にあるレインポンチョを渡した。

「あのうるさいのはアヒルのモンタナだ。よかったら散歩させてやってくれないか？」

すると、葉介が黙って九月を見上げた。

「散歩と言っても後をついて歩くだけだよ。でも、道路に出そうになったら止めてくれ」

「葉介、せっかくだからアヒルと遊んできたら？」

女がにっこり微笑んだ。葉介はちらりと九月を見てなにか言いたげな顔をしたが、黙って出て行った。

女と二人きりになると、九月は思い切って言った。

「不躾《ぶしつけ》なことを言いますが、息子さん、学校でいじめられてるようですね」

九月の言葉を聞くと、一瞬で女の顔が曇った。

「おとなしい子だから目をつけられたみたいで」女が苦しげな息を洩らした。「学校に行けなくなって、ずっと休んでたんです。それで、昨日は勇気を出して登校したのに、あんなことになって……」

女の言葉はほぼ標準語に聞こえた。地元の人間ではない。

「失礼ですが、もともとこちらの方ではないんですね」

「ええ、主人の仕事の都合で四月に越して来ました。うちは転勤が多いので、どこへ行ってもよそ者なんです。葉介がかわいそうで……」

女が眉を寄せると、濃茶の瞳がわずかに潤んだ。

「よそ者でなくても同じですよ。僕はもともとここの人間だったんですが、大学進学で町を出ました。去年の春、妻と子を連れて戻ってきたんですが、やっぱり息子がいじめられて」

「そうなんですか。お気の毒に。今は？」

「妻は息子を連れて実家に戻りました」

四月から小学校に転入した。もともと内気な子だったため、うまく馴染めなかった。いじめられていることに気付いたのは、梅雨の頃、雨の中びしょ濡れになって帰ってきたときだった。

「あ、すみません。変なことを訊いてしまって」

女が慌てて頭を下げた。濡れた髪の滴が額を伝い、女は白い指で拭った。マニキュアを塗っていない指先は細い生木のようだった。

「なにかあったら力になります。いじめの対応なら経験者ですから」

「ありがとうございます」

女は軽く一礼し、立ち上がった。九月は慌てて机の抽斗《ひきだし》から名刺を取り出した。女の手に押しつける。女はすこし驚いたふうに眼を見開き、それから恥ずかしそうに笑った。

「すみません、私、名刺を持っていないので」

「いえ、いいですよ、そんなの。なにかあったら連絡してください」

「ありがとうございます」名刺を見て言う。「九月さん？　いいお名前ですね」

女は事務所のメモ用紙に名と電話番号を書いた。堀尾佐智《さち》。さち、とふりがなを振る。

「私、よく男と間違われるんですよ。すけとも、って」

「いや、佐智はいい名前ですよ」

雨は小止みになっていた。葉介はレインポンチョを着て、池で泳ぐモンタナを見ている。

「そうだ、もしよかったらちょっと遊んでいきませんか？」佐智に言ってから、九月は葉介に声を掛けた。「葉介君、ヘラブナ釣り、やってみないか？」

九月は葉介に簡単な手ほどきをした。ヘラブナ釣りの仕掛けは針を二つ使って、それぞれに餌を付ける。そして、必ず竿掛け、タモを使う。葉介は呑み込みが早かった。

佐智は白い傘を差して、心配そうに息子を見守っていた。しばらくすると、葉介のウキにアタリがきた。九月はあわせるのを手伝い、タモを持って構えた。

「やった」

大きなヘラブナだった。葉介が声を上げ、眼を輝かせた。この男の子が笑うのをはじめて見た。九月も嬉しくなった。

夕方まで、母子はひょうたん池で釣りを楽しんだ。佐智は何度も礼をしながら帰って行った。白い傘が濡れた花のようだった。


次の日曜、堀尾家は家族揃ってやってきた。

「息子が世話になったそうで、ありがとうございます」

男は堀尾仁志《ひとし》と名乗った。工場のエンジニアだという。佐智とはすこし歳が離れているようで、真面目で誠実そうに見えた。

「いえ、それほどのことでは」

「ヘラブナを釣った、とあまり息子が嬉しそうなもんで、一度遊びに来ようかと」

仁志は全くの素人だったので、簡単に九月が説明した。仁志も呑み込みが早かった。父子は桟橋に並んで釣りをはじめた。その後ろで、佐智は黙ってにこにこ笑っていた。

その日は、仁志の竿にも葉介の竿にもよくかかった。大きくても小さくても、父子は喜んだ。その後ろで佐智も笑った。

久しぶりにひょうたん池が賑わった。楽しそうな家族を見ていると、九月まで嬉しくなってきた。だが、次の瞬間、慌てて背を向けた。それは、九月にはもう手に入らないものだった。

堀尾家の三人は夕方まで釣りを楽しんでいた。帰り際、仁志が言った。

「息子は釣りが気に入ったようです。今、ちょっと事情があって学校に行けないんですが……ときどき、こちらに寄せてもらってもいいでしょうか？」

「ええ、もちろん。いつでも好きなときに来てください」

「助かります」

仁志がほっとした顔で頭を下げた。その横で佐智も頭を下げた。

翌日も小雨の降る中、佐智は葉介を連れてやってきた。葉介は黄色いレインコートを着て釣り糸を垂れた。佐智はその横で傘を差し佇《たたず》んでいた。その日、二人は弁当をプレハブの休憩所で食べていた。九月は事務所でカップ麺を食べながら、窓から二人の様子を見ていた。

次の日も二人はまた来た。やはり弁当持参だったが、九月のぶんもあった。

「もしよろしければ。お口に合えばいいんですが」

驚いたが断るのもかえって失礼かと思い、礼を言って受け取った。だし巻きと焼き魚、煮物、唐揚げなどが入っている。見た目はごく普通の弁当だったが、どれも味はよかった。誰かに手料理を作ってもらうのは久しぶりだ。九月は貪るように食べた。

さらにその次の日、佐智が言った。

「あの、どうせならご一緒しませんか?」

それからは、毎日三人で事務所で弁当を食べた。葉介は無口だったが、嫌がっている様子はない。佐智は料理上手で、なにを食べても美味しかった。いつしか佐智と葉介を心待ちにしている自分に気付き、九月は罪悪感を覚えた。


学校に行けない葉介は、平日は毎日、佐智に連れられ釣り堀に来る。ほぼ、貸し切り状態で、九月は付きっきりで面倒を見た。すると、最初は無口だった葉介も次第に表情が明るくなり、笑顔を見せるようになってきた。日に日に釣りも上手くなり、半月もすると九月が手を貸すこともなくなった。

釣りに興味のない佐智は降り続く雨の中、白い傘を差してモンタナを散歩させた。九月もその横を一緒に歩く。ぐわぐわとうるさいモンタナを追いかけながら、いつもとりとめのない会話をした。

「さっきね、猫がいたんです。茶色と黒の猫。釣り堀の魚を狙ってるのかも、って見てたらなんだかおかしいんです。顔がちょっと違うし、ずんぐりしてて尻尾が太くて。近づいてきて、やっとわかったんです。タヌキだったんです。私、はじめて見ました。ちょっと感動です」佐智が嬉しそうに報告する。

「このあたりはよく見かけますよ」

「タヌキって肉食ですよね。魚を狙って来たんでしょうか？　もしかしたらアヒルを狙って？でも、タヌキって夜行性のはずですけど、昼間に狩りをするんでしょうか」

「タヌキは雑食ですよ。この前来たやつは、モンタナの餌を勝手に食べてました」

「アヒルの餌をタヌキが？　本当ですか？」

ふいに佐智が笑い出した。いつまでも笑っているので最初は呆れたが、やがて九月もおかしくなり、思わず顔を見合わせて二人で笑った。

六月の半ばになった。梅雨に入ったので余計に雨が多い。佐智と葉介がひょうたん池に来るようになって、一ヶ月が過ぎていた。

釣りという趣味を得て、葉介はずいぶん落ち着いた。笑顔も増え、週に一、二度なら登校できるようになった。いじめがなくなったわけではないが、すこしずつクラスに馴染んでいっているらしい。

朝からどしゃ降りの日だった。ひょうたん池に客の姿はない。昨日も一昨日《おととい》も母子は姿を見せなかった。葉介が学校に行けるようになれば、ここへ来ることもなくなるだろう。だが、それは喜ぶべきことだ。寂しくなるが仕方ない。

　昼前になっても、一向に雨脚は弱まらない。水煙で看板もかすんでいる。多少の雨は平気なモンタナも、さすがに今日はケージに入ったきりだ。ソファに寝転がって窓から外をぼんやり眺めていると、白い傘が見えた。思わず九月は跳び起きた。

　佐智は一人だった。髪も、黒のワンピースもびしょ濡れだ。

「どうしたんです、こんな雨の中」

「あの子、三日連続で登校できたんです。その御礼を言おうと思って」

「そんな、わざわざ」

「いえ、村下さんのおかげです。御礼といってはなんですが……」佐智が恥ずかしそうに笑う。

「今日のお弁当はちょっと豪華です。よろしければ」

　佐智がお茶を淹《い》れてくれた。九月は佐智と向かい合ってソファで弁当を食べた。手間の掛かっていそうな豚の角煮と、白身魚の焼き物、それに綺麗なだし巻きが入っていた。

　葉介の登校がよほど嬉しかったのか、佐智はいつもより饒舌《じょうぜつ》だった。

「村下さんって九月生まれなんですか？」

「九月に生まれたから九月。それだけのことです」

「いい名前ですね。村下九月。オシャレな作詞家とか作家とか、そんな感じです」

　佐智が九月の顔を見つめて、にこにこ笑っている。なぜか突然、恥ずかしくなった。

「でも、仕方なしに付けられた名前なんです。母は女の子を産む夢を見たんですよ。予定日が八月だったので葉月《はづき》という名を用意して、ピンクのベビー服を揃えて。でも、僕は予定日に生まれず、しかも男の子だったので、母はがっかりしてやけくそで付けたんです。九月、って」

子供の頃、母から聞かされた。母は悪気なく言っただけだったが、その日から九月は自分の名が苦手になった。

「じゃあ、いよいよ九月でよかったですね。だって、もしかしたら村下長月《ながつき》になってたかもしれないわけでしょ？　村下長月よりは村下九月のほうが絶対かっこいいです」

「……そうですか？」

「絶対そうです。私だったら堀尾十二月か堀尾師走《しわす》になるんですよ。どっちを選んでも変です。村下さん、九月でよかったですね」

「はは、堀尾師走か。それよりはマシかもしれないな」

「それに、長月って、ちょっと日本酒の名前みたいです。清酒長月」

「たしかに。僕は下戸だから、酒の名前でなくてよかった」

「ええ。絶対に九月でいいです」

佐智は笑みを残したままの真面目な顔でうなずいた。こんなにも「九月」という名について語ってくれた女がいただろうか。九月はすこしおかしくなった。

「タヌキと九月とどちらが好きですか？」

「え？」

佐智が怪訝な顔をした。口にしてからしまったと思った。この言い方では、自分とタヌキのどちらを好きか訊ねたようになる。慌てて言い訳をした。

「タヌキの話題と九月の話題とどちらが好きか、と思って」

「……どちらかというと九月かな？　タヌキもいいけど……九月」佐智が窓の外を見た。「歌もありますね、『九月の雨』とか」

「太田裕美《おおたひろみ》ですか、懐かしいですね。他にも九月の歌と言えば……中島《なかじま》みゆきで『船を出すなら九月』というのがあります」

「『船を出すのなら九月』ですか。そうですね、旅に出るのなら九月がぴったり。夏でもなくて秋でもない中途半端な季節」佐智はうふふと笑った。「誰にも見つからないよう、するっと旅立ちたいですね」

「ええ、誰にも見つからないように旅立ちたい」繰り返しただけなのに声が上ずった。

「九月さん。旅に出るならどこがいいですか？」

佐智がじっと九月を見ている。真剣な眼だ。九月は息苦しくなってきた。早く答えなければ、窒息してしまいそうだ。

「……モンタナに行きたいと思ってます」

「あっ、そういえば前から気になってたんです。どうしてアヒルの名前がモンタナなんですか？」

「モンタナというのはアメリカのモンタナ州。ロッキー山脈の麓。美しい川が流れていて、鮭《さけ》や鱒が釣れる。フライフィッシングの聖地です」

「フライフィッシング？」

「川釣りの一種ですよ。綺麗なフライを使った釣りです」

「九月さんはフライフィッシングが好きなんですか？」

「やったことはないけど、映画を観たんです。『リバー・ランズ・スルー・イット』と『レッド・オクトーバーを追え！』の二本。どっちもモンタナでの釣りが絡んでるんです」

「最初のは知らないけど『レッド・オクトーバーを追え！』は知ってます。潜水艦のやつですよね。でも、なんで釣りなんですか？」

「ソ連の原潜がアメリカに亡命しようとする。で、副長が言うんです。アメリカに行ったら奥さんをもらってモンタナで釣りをしたい、って」

「モンタナの釣りって世界的にも憧れなんですね。そんなにいいところなんですか？」

「素晴らしい川ですよ。『リバー・ランズ・スルー・イット』に出てくる釣りのシーンはすごく綺麗です。行ってみたいと思ってるんです」

「そんなに綺麗なら私も行ってみたいです」

「じゃあ、いつか僕とモンタナに行きませんか？　僕はガイドをやるから、あなたは鱒を料理してくれたらいい」冗談めかして言ってみた。

「鱒料理ですか？　えーと、フライ、マリネ、バターソテーに……シンプルに塩焼き？」

「なんでもかまいませんよ」

「鱒のテリーヌもありますね。私、自分で作ったことがないけど」

「じゃあ、練習しておいてください」

「わかりました。早速、鱒料理の練習をします」佐智が大真面目にうなずいた。

「本当に練習してくれますか？」

「ええ、しますよ」

「本当ですか？」

「大丈夫、本当です」佐智が子供をなだめるかのように微笑んだ。「ねえ、葉介も一緒でいいですか？　あの子もきっとフライフィッシングが好きになると思うんです」

「もちろん、かまいませんよ。一緒に鱒を釣りましょう……」

そうだ、一緒に釣りをしたかった。モンタナで釣りをしたかった。

ふいに涙があふれた。そうだ、モンタナで一緒に釣りをしたかった。だが、もう叶わない。

「九月さん……」

佐智が九月の手を取った。細いが柔らかな手だった。九月はたまらず握り締めた。

「……嘘をつきました。妻が実家に帰った理由は息子がいじめられたからだけじゃないんです」

九月は自分が抑えられなくなった。涙が止まらない。言葉も止まらない。

「叔父がこの釣り堀を畳むつもりと聞いて、じゃあ僕が跡を継ごうか、と。それで、勝手に仕事を辞めたんです」

「そうなんですか」

「夢だったんです。東京を離れて自然の残る田舎で釣り堀を経営し、ゆったりと子供を育てる。そのときは素晴らしい決断だと思ってました。……でも、今から思えば逃げでした」

地下鉄のラッシュ、辛い夜間シフト、職場の人間関係、客のクレーム対応から逃げ出したかっただけだ。

「九月さん、あまり自分を責めないで」

「いえ、悪いのは僕です。嫌がる妻と息子を連れて田舎町に帰ってきたんです。息子は学校に馴染めず、いじめに遭って不登校に……」

無理矢理引っ越しさせて以来、妻と息子とはほとんど会話がなくなった。息子がランドセルに落書きをされて泣きながら帰ってきたとき、九月は激しい罪悪感に襲われた。その夜、妻は荷物をまとめた。

——もう無理。夢を見たいなら、あなた一人でどうぞ。

一学期が終わると、妻は息子を連れて神戸の実家に帰った。それでも、九月はやり直せると思っていた。また家族で暮らせる日が来ると信じていた。

ある日、レンタルビデオで「リバー・ランズ・スルー・イット」を観た。そして思った。息子と一緒にモンタナで釣りをしたい。今から金を貯めれば来年にはなんとかなる。これを家族再出発のきっかけにしよう。早速、妻に連絡した。

——来年の夏休み、モンタナに行かないか？

――あの子、来年は私立中学の受験があるから。

本人が公立中学を嫌がっているという。それほどいじめで傷ついたのだ。電話の向こうで妻がため息をついた。やっぱりなにもわかってないのね。自分のことばっかり、と。

会えないまま年が明けた。一月十七日。阪神・淡路大震災。妻の実家は全壊し、火に呑み込まれた。

「……もう会えない」

また家族で暮らせると思っていた。二度と会えないなんて思いもしなかった。堪えきれず、佐智の手を握ったまま九月は嗚咽《おえつ》した。

「九月さん、泣かなくていいです。仕方なかったんです。仕方なかったんですよ」

佐智がそっと身体を寄せた。膝が触れる。濡れたスカートが太腿に張り付いていた。

気がつくと、九月は佐智を抱きしめていた。あ、と佐智が息を洩らす。九月は佐智の唇を吸った。体重を掛けて佐智をソファに押し倒しながら、舌を強く絡める。息が苦しくなるまで、佐智の舌を乱暴に責めた。

九月が唇を離すと、佐智は困った顔で呟いた。

「九月さん、ダメです。そんなことをしてはいけません……」

かすれているのに濡れた声だ。雨のせいか。佐智の足からサンダルが脱げて、床に転がる。

九月は手早くジーンズを下ろした。

どしゃ降りの雨が屋根を叩く。久しぶりの女の中の熱さにめまいがした。遠くからかすかにモンタナの鳴き声が聞こえてくる。

「九月さん、九月さん……」

佐智に名を呼ばれると、ぞくぞくと身体中の毛が逆立つような気がした。ただ名を呼ばれるということが、これほど快感だとは知らなかった――。

その夜、九月は一人、池を眺めた。雨は上がっていた。桟橋の中央まで出て、ひょうたん池に映る濁った月を見る。

モンタナ。一度、口に出した望みは奇妙な質感を伴って九月に絡みついた。

陽光に輝く水面。リズムを取りながら、大きく竿を振る。釣り糸がきらめく。鮮やかな色のフライ。跳ねる魚。腰まで川に入って釣り竿を振る若い俳優はどれほど美しかっただろう。

モンタナ、と九月は月を見ながら呟いた。「リバー・ランズ・スルー・イット」の俳優は美しすぎる。自分には無理だ。入れ替わりに脳裏に浮かんだのはレッド・オクトーバー号の艦内だった。撃たれて倒れる副長。モンタナを見たかったのに、と死んでいく。

「モンタナを見たかったのに」

九月は口に出して言ってみた。静まりかえったひょうたん池の底に、レッド・オクトーバー号が沈んでいるような気がした。

これまで佐智がひょうたん池に来るのは、葉介の付き添いのためだった。だから、葉介が登校できた日には来なかった。だが、今、佐智は九月に会うために、白い傘を差して一人でやってくる。梅雨のさなかということもあって、平日の朝はまず客がいない。九月と佐智は事務所で抱き合った。

いつ客が来るかわからないので、服を着たままのセックスだ。雨で濡れたスカートをめくり上げ、下着を下ろす。用心のため、必ず片足は通しておく。ブラも外さない。胸の上に押し上げるだけだ。ほとんど強姦してるみたいだ、と九月はおかしな気持ちになった。

一度だけ、途中で客が来たことがある。窓を叩く音がして、慌てて九月はジーンズを穿《は》いた。客が料金を支払っている間、佐智はソファの脚許に隠れていた。客が立っているところからは死角とはいえ、やはり気が気ではなかった。

会うたびにセックスをする仲になっても、佐智の言葉遣いは丁寧なままだ。九月は官能小説でも読んでいるような気になった。

「九月さん、私、ダメです。こんなことして……」

中途半端に乱れた格好で、佐智は本気の声を上げた。九月の脚の間にうずくまると、生まれたての鳥の雛《ひな》に頬ずりでもするかのように、そっと触れて包み込む。佐智の舌は熱くて柔らかい。ただ一つ残念なのは、そのときには名を呼んでもらえないことだった。

狭い田舎町だ。こんな関係はいずれはばれる。いや、近所付き合いがないから気がつかないだけで、もうとっくに噂になっているかもしれない。佐智の夫の耳に入ったらどうなるだろう。九月は仁志の真面目そうな顔を思い出した。到底、妻の浮気を許せるタイプには見えなかった。

面倒なことになるかもしれない。そう思いながらも、九月は佐智との関係を絶つ気にはなれなかった。

七月に入ると雨が変わった。しとしと降るだけではなく、ときどき激しいにわか雨が来る。じきに梅雨が明けるだろう。夏はすぐだ。

朝からよく晴れた日で、珍しく客が続けて入った。忙しくしていると、昼頃、佐智が弁当を持ってひょうたん池にやってきた。

「今日はだし巻きをたくさん入れてきました。九月さん、お好きみたいだから」

「あ、わかりますか？」

「ええ。もちろん。食べ方を見てればわかります」

「嬉しいなあ」

嬉しいのは弁当にだし巻きが入っていることではない。だし巻きが好物だと佐智が気付いてくれたことだ。

佐智が狭いキッチンでお茶を淹れている。背後からワンピースの裾をまくった。立ったまま、後ろからつながる。自分でも驚くほど大胆になっていた。

「九月さん、こんなところで、ダメです。お客さんがいるのに……」

佐智はステンレスの流し台に両手を突き、自分から腰を九月に擦《こす》りつける。九月は佐智の首筋に唇を這わせた。加減しながら噛んで吸う。ここに痕を付けられたらどんなにいいだろう。自分の歯形と青紫のキスマークを残せたらどんなにいいだろう。

物音がした。はっと振り向くと、ドアが開いて葉介が立っていた。九月は慌てて佐智から身体を離した。葉介はなにも言わず、事務所を飛び出して行った。九月がジーンズを上げて外に出たときには、もう葉介の姿はなかった。

客がこちらを見ている。いたたまれなくなり事務所に戻ると、佐智が呆然と立ち尽くしていた。

「まだ学校のはずなのに、どうして……」今にも泣き出しそうな顔だ。

「佐智さん、落ち着いてください。まだばれたと決まったわけじゃない」

自分に言い聞かすように言う。とにかく冷静にならなければ、と二人でソファに腰を下ろした。

長い間、九月と佐智は黙りこくってソファに座っていた。やがて、佐智が顔を上げた。九月をじっと見て言う。

「九月さん、私、本気です。九月さんのことが好きです」

「佐智さん」心臓が跳ね上がった。喉がからからになった。「僕も本気です」

「葉介も九月さんのことが好きだと言ってました。あの……」佐智がすこし震える声で言った。

「あの、私、三人で一緒に暮らせたらいいな、と思ってるんです」

かあっと身体が熱くなる。九月は返事ができず、黙ってテーブルの上の弁当箱を見下ろした。色とりどりのおかずが詰まっている。だし巻きの鮮やかな黄色を見ると、心が揺れた。

もしかしたら、これはいい機会ではないのか？　来年はもう四十歳になる。好きな女と一緒になれる最後のチャンスかもしれない。

「でも、今はまだ夫に知られては困ります。葉介に口止めをしておこうと思います。電話を借りていいですか?」

九月は一瞬言葉に詰まった。あの子に不倫の片棒を担がせるのか。

意を決したように佐智が事務所の黒電話の受話器を取り上げる。震える指でダイヤルした。

「もしもし、葉介? 帰ってたの。よかった」指が白くなるほど、強く受話器を握り締めている。「……あのね、お母さんね、さっきのこと……」

そこでふいに佐智の顔色が変わった。

「……え、あなた、どうして家に?」

佐智は怯《おび》えた顔で口ごもっている。九月はぎくりとした。受話器から洩れる声に耳を澄ます。

「ええ、ちょっと……夕飯、なにがいいか葉介に訊こうと思って……」佐智は精一杯、平静を装っている。「え? そう。今、公衆電話。ええ。そう。スーパーの手前の……」

そのとき、モンタナのけたたましい鳴き声が聞こえた。はっとして、九月は振り向いた。ドアの向こうで狂ったように鳴いている。ばさばさと羽音がした。佐智が慌てて受話器の送話部分を手で押さえた。

九月が事務所の外へ飛び出すと、タヌキがモンタナを襲っていた。あたりには一面白い羽根が散らばっている。立てかけてあったデッキブラシを振り回し、タヌキを追い払った。モンタナに怪我《けが》はない。ケージに入れ、掛け金を下ろした。

事務所に戻ると、佐智が涙を溜めた眼で九月を見た。

「九月さん、夫にばれてるみたいです。モンタナの声が聞こえたらしくて——やっぱり、ひょうたん池にいるんだな、って。それで、これからここに来るそうです」

とうとう来るときが来た。九月は血の気が引くのがわかった。

「大丈夫です。佐智さん。きっとなんとかなります」

九月は震えている佐智を抱きしめた。覚悟を決めなければ、と思った。窓の外を見る。空が暗い。遠くで雷の音がする。にわか雨が来るらしい。客が引き揚げていった。

しばらくすると、仁志が葉介を連れてやってきた。見れば、葉介の頰は赤く腫れ上がっている。泣くのを堪えているようで、歯を食いしばって立っていた。

「息子まで懐柔したのは、あんたがはじめてですよ」

仁志の声は落ち着いていたが、眼にはやりきれない疲れの色が見えた。

「どういうことですか？」

「とにかく話をしよう。男同士で」仁志がため息交じりに言った。それから佐智に向き直る。

「佐智、車で待ってるんだ」

佐智がすがるような眼で九月を見た。九月は思わず佐智に向かって手を伸ばした。だが、仁志に遮られた。

「話が済むまで車で待ってるんだ。葉介、おまえもだ」

仁志は嫌がる佐智と葉介を引きずるようにして、事務所から出て行った。

九月は懸命に落ち着こうとした。ここまで来たら仕方ない。佐智と別れてくれるよう、仁志に頼むしかない。簡単にいくとは思えないが、もう一人になるのは御免だ。佐智まで失いたくない。

仁志はまだ戻ってこない。空からぽつぽつと大粒の雨が落ちてきた。ごうっと風が吹いて窓が揺れる。

ずいぶん時間が経って、ようやく仁志が戻ってきた。濡れた頬を拭いもせず、崩れるようにソファに腰を下ろす。しばらく黙っていたが、やがて口を開いた。

「佐智と話をしたよ」

また黙る。そして、大きなため息をついた。

「あんたは何人目だろうな。一年に一度は転勤があるんだ。その先々で佐智は男に惚れるもんで、じきに二桁になるよ」

九月は思わず耳を疑った。驚く九月を見て、仁志がもう一度ため息をついた。

「あれはたいした尻軽なんだ。どこへ行ってもそうなんだ。新しい男に本気で惚れる」

「嘘だ」

「自分をかまってくれる男なら誰だっていいんだ。年上だろうが年下だろうが、年齢なんか気にしない。太っていようが痩せていようが、醜男《ぶおとこ》だろうがハンサムだろうが関係ない。ちょっと優しくされて迫られたら、すぐに舞い上がって股を開くんだよ。ホテルだろうが、車の中だろうが、相手の家だろうが、どこでも」

「遊びじゃない。佐智さんは本気だ」九月はかすれた声で言い返した。

「だから、問題なんだ」仁志がテーブルの上の弁当箱を見た。「遊びだったなら、なにも問題ない。飽きたら戻ってくる。もし仮に佐智が捨てられて泣いても、僕が慰めてやればいいだけだ。遊びならいいんだ……」

仁志が声を立てて笑った。だが、眼はすこしも笑っていない。九月は思わず生唾を呑み込んだ。

「なのに、佐智はいつでも本気なんだ。あんたのことだって間違いなく本気だった。あれは純情で、一途《いちず》で、かわいい女なんだよ……」

ふいに、仁志が途方に暮れた顔をした。自分の両の掌を見下ろす。震えているのをじっと見ていた。しばらくそのまま動かない。やがて、のろのろと濡れた額を拭った。

「……僕はなにが言いたいんだろうな。自分でもよくわからなくなってきた」

雨のせいか、七月だというのにひどく冷える。身震いすると、汗が額を伝った。こんなに寒いのに汗をかいているのか。

「とにかく、佐智のことは忘れてくれ。仮にあんたと一緒になったとしても、半年もすれば別の男に惚れるんだ。本気でね」

「そんなことあるわけがない」

九月は事務所を飛び出した。凄まじい雨だった。空も山も池もなにもかも水の中だ。びしょ濡れになりながら、裏の駐車場に向かって走る。

佐智は後部座席にいた。濡れた窓ガラスの向こうで、うつむいたまま身じろぎもしない。

「佐智さん、佐智さん」

九月は窓を叩いた。佐智は顔を上げない。ドアを開けようとしたが、ロックされていた。

「開けてくれ、佐智さん。お願いだ、佐智さん」

隣には葉介が座っている。腫れた頬のまま、じっと前を見つめていた。

「葉介くん、佐智さん。ドアを開けてくれ。頼む。僕も本気なんだ」

そのとき、後ろから肩をつかまれた。ぐいと引き戻される。仁志が立っていた。

「佐智は行かない。ちゃんと言い聞かせた。でも、安心してくれ。あんたはだまされたんじゃない。佐智は本当にあんたが好きだったんだ」

仁志がトランクを開けた。紙袋を取り出し、中を地面にぶちまける。本が三冊。初心者向けの英会話教本と、アメリカのガイドブック、そして料理本だった。

「佐智が本気だったと信じたいだろう？　ほら、証拠をやるよ。こんな本が家に隠してあった」仁志が顔を歪《ゆが》めた。笑っているのか、泣いているのかわからない。「葉介が釣りをはじめてから、佐智がおかしくなった。毎日嬉しそうで、幸せそうで、にこにこ笑っている。いつものことだから、ぴんときたよ。ちょっと家の中を探してみたら案の定だ」

九月の足許で本が濡れている。もう一度、車に眼を遣った。佐智はうつむいたまま、九月を見ようともしない。

「さっき、佐智は本当に嬉しそうに笑ったんだ。――私、モンタナへ行くの。あの人と葉介は釣りをして、私は料理して暮らすの、って」

どしゃ降りの雨の中、九月は車が走り去るのを見ていた。赤いテールランプが見えなくなると、顔を覆った。

＊

陽が落ちて、あたりはすっかり暗くなった。反対車線をヘッドライトが流れていく。数台前で起きた事故のせいで、車は止まったままだ。

「……白い傘の女とはそれきりです」

「それで、村下さんは女との約束を守ってモンタナに行き、フライフィッシングのガイドになったわけですか」

「約束を守ろうと意地になったわけじゃないんです。ただ、モンタナに行く、と言葉にしたら、それが自分の人生で正しいことのように思えたんです。今思えば、本当に無茶をした。言葉はなんとかなっても、そもそもフライフィッシングは全くの初心者だったんだから。一から勉強でした」

「言っちゃ悪いけどメチャクチャな話ですよ。もし、僕の知り合いがフライフィッシングやったこともないくせに、モンタナ行ってガイドになるなんて言い出したら、殴ってでも止めますね」冗談めかしながらも、半ば真剣に言う。「でも、そんな素人からはじめて、とうとうガイドになったわけですか。すごいなあ」

「なにもかも捨ててモンタナに行ったんです。背水の陣ですよ。食っていけるようになったのは、ほんの最近です。でも、なにもかもあっという間でした」

今年の春、ひょうたん池の管理を任せていた地元の不動産業者から連絡があった。池と周りの土地を併せて買いたいという人が現れたそうだ。あんな寂しい場所をどうするつもりだ、と思ったが、お荷物の土地を処分できるのはありがたかった。

だが、その話を聞いてから心にさざ波が立ったままだ。ケリをつけてスッキリしたような思いと、自分の過去が失われて寂しいような思いとがわだかまっている。

後方からサイレンが聞こえた。赤い回転灯が近づいてくる。事故処理車と救急車が到着し、慌ただしく作業がはじまった。

「その都度本気になる浮気性の女か。話を聞いてるだけでヤバイのが伝わってきますよ。そういう女は痛い目に遭うまでわからないんでしょうね」

「でしょうね」

「いや、もしかしたら痛い目に遭ってもわからないかもしれない。絶対関わっちゃいけない地雷女ですよ。アンタッチャブル」そこで、中尾がふっと面白そうな顔をした。「村下さん、もし、今、彼女に会ったらどうします？　またコロッといっちゃうかもしれませんよ」

「はは、それは怖いですね」

ようやくのろのろと車が動き出した。事故現場を通り過ぎたが、白い傘はもう見えない。

「でも、その男の子はかわいそうだな。母親が尻軽の男好きってのはキツイですよ。一生、女性不信になる」

「あの子には悪いことをしたと思ってます」

今でも良心の呵責《かしやく》を覚える。思い出すと胸が苦しい。

――葉介に口止めをしておこうと思います。

佐智が言ったとき、九月は止めなかった。あの子を共犯にしようとしたということだ。心の奥に泥のような罪の意識が積もったままだ。あれから二十三年。葉介は三十半ばか。元気でいてくれたらいいが、と祈るように思う。

――佐智はいつでも本気なんだ。あれは純情で、一途で、かわいい女なんだよ……。

あのとき、泣き笑いしていた仁志の姿が浮かぶ。佐智は本気だ、と繰り返していた。だが、一番本気だったのは彼だ。そして、佐智は本気だった、と一番信じたかったのも彼だ。

「そうそう、今夜はフランス料理でも食べますか？　鱒のテリーヌなんてよさそうだ」

どこがいいかな、と中尾がウィンカーレバーを倒し、追い越し車線に出た。アクセルを踏むと、雨の音が一瞬消えた。

今、佐智はどうしているだろう。やっぱり誰かに本気で惚れているのだろうか。

雨の日には今でも思う。あのとき、佐智が顔を上げてくれたらどうなっていただろう。自分の人生はどうなっただろう。

モンタナで佐智と葉介と三人で鱒を釣って暮らす。そんな人生があったのだろうか。二十三年前の小さな可能性――。

窓を雨が流れる。ヘッドライトが眼を灼いた。

第四章
レプリカントとよもぎのお守り

顔を洗って席に着くと、志緒《しお》がコーヒーを運んできた。

テーブルにはフレンチトーストとベーコンの皿が置いてある。俺はフレンチトーストを見下ろした。メイプルシロップに浸かっている。当然、ベーコンもシロップまみれだ。海外では普通なのかもしれないが、俺は甘いベーコンに抵抗がある。だが、文句は言えない。せっかく志緒が作ってくれたものだし、そもそもここは志緒のアパートだ。

カロリーの高い朝食のせいで、最近、腹のほうが怪しい。そのうちウェイトなしで潜れるようになるかもな、とバカな考えが頭をよぎった。慌てて、ポケットの中のお守りを確かめる。大丈夫、溺れずに済む。

朝食を済ませて皿を洗った。洗濯の用意をしていると、志緒が出て行く気配がした。いつもより早い。

「もう行くのか?」

「新メニューの練習するの。龍彦《たつひこ》はいつもの時間でいいから」

俺は志緒の恋人だ。正確には、志緒のアパートに居候するヒモだ。横山《よこやま》龍彦。三十五歳。元潜水士。ゴルフボールを拾っていたら、志緒に拾われた。

家事を終え、駅裏にある古いアパートを出た。築三十年の木造モルタルの2LDKで、外装も室内もあちこち傷んでいる。大家はろくに修繕もしないが、おかげで家賃は安い。

俺は十年以上乗り続けているレガシィで店に向かった。開店して五年、経営状態ぎりぎりのレストラン、それがカフェ&創作料理「森の塩」だ。

ここは山間《やまあい》の小さな町で、周辺にはペンションやらキャンプ場が広がっている。シーズンになると観光客がやってきて、駅前はそこそこ賑わった。駅からすこし離れたイチイの森の奥には、隠れ家のような建物があちこちに点在している。軽井沢ほど有名ではないが、知る人ぞ知る高級別荘地だった。

「森の塩」は、その別荘地の入り口にぽつんと立っている洒落《しやれ》たログハウスだ。志緒が言うには、木の温《ぬく》もりと都会的なテイストのミックスらしい。インテリアはみな輸入物だ。店主のこだわりが見えすぎるのが欠点だが、居心地は悪くない。ウッドデッキのテラスにはときどきリスが遊びにくる。餌をやるのは俺の役目だった。

色づいた秋の森の中をのんびりと走る。店まであとすこしというところで、道路の端に人影が見えた。車椅子に乗った女性と、しゃがみこんで車輪の具合を見ている男性だ。俺は車を停め、声を掛けた。

「どうかしましたか？」

「急に車椅子の調子が悪くなって」

身をかがめていた男性が顔を上げた。七十歳くらいだろうか。痩せて眼鏡を掛けている。

「天気がいいので、散歩がてら駅前まで出て買い物をしようと思ったんですが」車椅子に乗っているのは六十歳くらいの小柄な女性だ。短い灰色の髪が印象的だ。「思ったよりも遠いんですね。主人も私も甘かったな、って笑ってたとこなんです」

最近この別荘地に来た夫婦か。いい笑顔だった。

「駅前まではもうすこし掛かりますね。送りますよ」

夫婦は顔を見合わせた。どうしようか迷っているようだった。

「別に怪しい者じゃありません。この先で『森の塩』ってレストランをやってます」

それを聞くと、奥さんがほっとした顔をした。夫を見てうなずく。やがて、夫のほうがためらいながら口を開いた。

「申し訳ないが、家まで送ってもらえませんか。戻れば予備の車椅子があるので」

夫婦を乗せてイチイの森の中を走った。すると、一番奥まった小道の奥に、こぢんまりとしたコテージがあった。表札はない。車寄せにレガシィを駐めて、俺はコテージを眺めて思わずため息をついた。この別荘地で働くようになって三年が過ぎた。今では一目で建物の善し悪しがわかる。これは小さいが非常に金の掛かった造りだ。しかも、それとはわからないようにしてある。

ただ、ガレージにあるのは高級外車ではなく、車椅子のまま乗れるトールワゴンだった。

「本当に助かりました。ありがとうございました。なにか御礼でも」

「いいえ、お気になさらず」

そのまま帰ろうとして、気付いた。ヒモとしてはこの機会に営業すべきではないか。売り上げが上がれば志緒への顔も立つ。俺は「森の塩」のショップカードを渡した。

「女性オーナーの料理が自慢です。よかったら食べに来てください」思い出して付け加える。

「バリアフリーですので」

「ええ、是非」奥さんがにっこり笑った。

「伺わせてもらいます」夫も軽く頭を下げた。

人助けなどはじめてだ。俺は自分でも驚くほどいい気持ちになった。すこし遅れて店に顔を出すと、志緒が仕込みをはじめていた。

「遅かったね。今日はいい鴨《かも》があるの。治部煮《じぶに》にしようと思って」

志緒は元OLだ。働きながら何年も料理学校に通い、ダブルワークで板場の修業もした。大変な努力家だ。

「ちょっと営業してた。鴨か。美味しそうだ」

「営業？　龍彦が？」

笑ってごまかし、店の掃除をはじめた。俺の仕事は料理以外の一切だ。フローリングの床に掃除機を掛け、テーブルを拭く。塩と砂糖を補充し、トイレを掃除した。

ランチ営業の準備をしていると、電話が鳴った。

「先ほどお世話になった者ですが、ありがとうございました」夫のほうの声だった。

「いえ、わざわざご丁寧に」

「今晩、夜六時に家内とお伺いしようと思うのですが、大丈夫ですか?」

「ありがとうございます。お食事のご用意でよろしいですか?」

「はい。二人とも小食なので、少なめのコースがあれば助かりますが」

「おまかせでよければ。なにかアレルギーはございますか?」

「……そうですね」夫はすこし考え、言った。「鮭、鱒は苦手なので」

「わかりました。お名前、頂戴してもよろしいでしょうか?」

「堀尾と申します」

「では、堀尾様。六時に二名でお待ちしております」

営業の甲斐があった。俺は早速、志緒に報告した。

「六時に二名。年配夫婦。少量のおまかせコース。鮭、鱒は除くこと」念のため付け加える。「奥さんは車椅子」

「了解。バリアフリーにしてよかった」

「上品な老夫婦だよ。別荘地の人だ。たぶん金を持ってる」

「常連になってくれたらいいな。客層を良くしたいし。知り合いをどんどん連れてきてくれたら最高」

志緒の眼が貪欲に光った。すこし微笑ましくて、すこし哀しい。

「森の塩」の開店は五年前、志緒が四十歳のときだった。志緒は二十年間ＯＬとして働いた金をすべてつぎ込んで、この店を開いた。だが、今、店は厳しい状況にある。なんとかやっていけるのは、俺がヒモとして無給で働いているからだ。

六時五分前に堀尾夫妻が着いた。駐車場からはスロープで入れる。車椅子は手動のものになっていた。堀尾さんはきちんとジャケットを着てネクタイを締めている。奥さんは紺のニットに真珠のピアスとネックレスをしていた。灰色の短髪によく合って、ずいぶん垢抜けて見えた。

窓際のテーブルを一つ片付け、車椅子でも窮屈に感じないようにした。

堀尾夫妻は上品に食事をした。おまかせ料理はどれも評判がよかった。

「この治部煮、すごく美味しいです」

奥さんが空になった九谷《くたに》焼の鉢を前にして笑う。堀尾さんも満足そうだ。それだけで俺も嬉しくなった。

そのとき、奥さんがハンカチを落とした。俺が拾う前に、堀尾さんが拾って奥さんに渡そうとした。

「ありがとう。……ちょっとじっとしてて」

奥さんはにこっと笑いながら、堀尾さんの曲がったネクタイを直した。俺は思わず見とれた。まるで、古い白黒の日本映画のようだった。

「美味しかった。また寄せてもらいます」

「是非お待ちしております」

俺は駐車場まで堀尾夫妻を見送った。店に戻ると、志緒が怪訝な顔をしていた。

「前からの知り合いだっけ?」

「今朝知り合ったばかりだよ。感じのいい夫婦だろ?」

志緒はどこか納得できない顔のままだ。そこでドアが開いて、真っ赤なセーターを着た石原《いしはら》が入ってきた。

「志緒ちゃん、来たよー」

石原は六十過ぎの不動産屋だ。真っ黒に日焼けして、きれいな口髭を生やしている。地元ライオンズクラブの会員で、ゴルフ帰りにメンバーで寄ってくれたり、様々な打ち上げで使ってくれたりした。一人で来てもワインをボトルで開け、しょっちゅう運転代行を頼んでいる。ありがたい客なのだが、困ったことに露骨に志緒を誘った。志緒はやんわりと断るが石原は諦めない。客という立場を利用して絡んでくる。上客なので無下《むげ》にもできないのが辛いところだ。

「さっきの車椅子、最近来た一番奥の別荘の人だろ?」

石原はなにか言いたげな顔で、カウンター席に座った。俺はすこしむっとしたが、黙って水とおしぼりを運んだ。

「さあ、そこまでは」志緒が笑って流した。「今日のおすすめは鴨の治部煮ですが、いかがですか?」

「鴨か。志緒ちゃん特製の治部煮か、嬉しいなあ。じゃ、赤ワインで」

志緒ちゃん、志緒ちゃんを連発して口説こうとした挙げ句、石原はさんざん飲んで代行を呼んで帰っていった。

その夜、俺はずっと堀尾夫妻のことを考えていた。何十年も連れ添った夫婦というのは、あんなにも自然に美しいものなのか。

俺は隣の志緒を見た。丸まって眠る姿は、かわいそうな芋虫のようだった。俺は寝返りを打って志緒に背を向けた。三年一緒に暮らした女だ。愛《いと》しいとは思う。だが、この先のことなど考えられない。何十年も連れ添う関係など、俺には無縁としか思えなかった。

*

堀尾夫妻は常連になった。天気がよければ毎日のように散歩をし、駅前で買い物をした後に「森の塩」でコーヒーを飲んで帰る。そして、週二、三回は夜の予約を入れてくれた。

堀尾さんは甲斐甲斐しく奥さんの世話をする。奥さんはいつもにこにこし、嬉しそうに「ありがとう」を言った。俺はこんなに仲のいい夫婦を見たことがない。堀尾夫妻から予約が入っただけで、その日一日が楽しみになった。

堀尾さんは食後に薬を飲む。毎回水を運ぶうちに、心臓と血圧の薬だと聞いた。もし、うちに減塩食があれば喜んでもらえるかもしれない。「森の塩」が塩を減らしてどうすんだよ、と思いながらも志緒に言ってみた。

「堀尾さん、血圧が高いみたいなんだ。減塩メニューの提供ってどう思う?」

「それ、堀尾さんのリクエスト?」地鶏の軟骨入りつくねを丸めながら、わずかに眉を寄せた。

「いや。俺が勝手に言ってるだけ。でも、高齢化社会だろ? 年配の客も増えるだろうし、健康に配慮したメニューって需要があるんじゃないか？　クリスマスディナーだって、差別化すれば評判になるかも」

今までメニューに口を出したことのない俺が力説すると、志緒が手を止め戸惑ったふうに俺を見た。

「ねえ、龍彦はよっぽどあの夫婦が好きなんだね」

「なんかさ、心が温かくなるんだ。ほっこり、っていうか」

「ほっこり？　なにそれ。一体どうしたのよ」志緒が気持ち悪そうな顔をした。「龍彦はああいうのに憧れるの？」

「そんな大げさな。でも、いい客だろ？」

「私が車椅子になったら、龍彦はあんなふうに介助してくれる？」

「そりゃするよ。当たり前だろ？」

「ふうん」

ほんのすこし、志緒が冷ややかな眼をしたように見えた。


ある日、堀尾さんから電話が掛かってきた。

仕出しはできますか、とのこと。詳しく聞くと、来客があるので一人一万円くらいの弁当を四つ、作って届けてほしいという。

志緒は生まれてはじめての高額弁当に張り切り、最高ランクの牛肉をつかったローストビーフ、ホロホロ鳥のコンフィ、天然の舞茸《まいたけ》に香茸《こうたけ》やらを詰めた松花堂弁当を作った。レガシィで配達に行くと、車寄せに客の車が駐まっていた。シルバーのメルセデスＡＭＧクーペだった。俺はしばらく見とれていた。

弁当と吸い物の鍋を台所まで運んでいると、リビングに客の姿が見えた。三十過ぎくらいだろうか、俺よりもすこし若い男だ。白のセーターにデニム、背が高くてスタイルがいい。俺に気付くとすぐに背を向けたので、顔はよく見えなかった。

「吸い物の用意をしましょうか？」

「いや、こちらでします。ありがとう」

堀尾さんを見ると、いつもの生真面目な顔が神経質そうに震えていた。なんだか落ち着きがない。長居してほしくないのがわかって、俺は家を出た。

あの客は誰だろう。ラフな格好をしていたから仕事関係ではないだろう。もしかしたら、堀尾さんの息子だろうか。

俺は急に苛々してきた。店に帰ってからも、ずっと不機嫌なままだ。

「どうしたの？」

「堀尾さんの客って、ＡＭＧに乗った若い男でさ。金をせびりにきた、遊び人の息子かな」

「え、お金をせびってたの？」

「いや。でも、堀尾さんはなんだか緊張してるっていうか、怯えてるっていうか」口に出すと、余計にむかむかしてきた。「なんか腹立つな」

「その人、なんにもしてないじゃない。勝手に決めつけて、なんで龍彦が怒ってるのよ」

翌日、弁当と吸い物の器を引き取りに行くと、ＡＭＧはもうなかった。堀尾さんはいつもの穏やかな様子に戻っていた。俺はほっとした。

「なにかありましたら、いつでも言ってください。手伝いに来ますよ」

「ご親切に、ありがとうございます」

堀尾夫妻は遠慮していたが、半ば強引に世話を買って出た。

それからは、重たい物の買い出しを引き受けたり、散歩の途中に雨が降り出したら傘を届けたりした。そのたびに、堀尾さんと奥さんは俺に感謝してくれた。

「あのお店は開店して五年だそうだけど、その前はどこか別のところで？」

「いえ、ここがはじめてなんです。俺はずっと別の仕事を」

「なにをやってらしたの？」

「潜水士です」

「潜水士って、どんなことをするの？」奥さんは好奇心旺盛だ。

「水中の仕事ならなんでもです。防波堤の石を積んだり、ダムの点検修理、橋脚の錆落とし、原発の仕事だってありますよ」

「潜水士は大変な仕事ですね」堀尾さんが大真面目な顔で相槌《あいづち》を打つ。「私も昔はエンジニアだったから知ってますよ。危険な作業も多い」

「ええ。ときどき事故もあるので」

夫妻は真剣に俺の話を聞いてくれた。俺はますます二人が好きになった。

志緒が試行錯誤した減塩クリスマスディナーは好評だった。俺は自分の手柄のように誇らしかった。

「今夜も本当に美味しかった。ありがとう」夫婦がにこにこと笑いながら言った。

「いえ、お口に合いましてよかったです」志緒が厨房《ちゅうぼう》から礼を言う。

カウンターで飲んでいた石原は面白くなさそうだ。志緒が自分以外の客と話すと露骨に機嫌が悪くなる。地元の世話役でさえなければ出禁にしてやりたい。

俺は夫妻を駐車場まで見送った。店に戻ると、石原がカウンターでなにやら含み笑いをしていた。

「わざとらしいほど上品ぶってるなあ。やっぱり息子のイメージを傷つけたくないんだろうな。ま、金に余裕があるからできるんだよ。俺だってあんな息子がいたら、いい人のふりくらいできるさ」

息子とはAMGに乗った男のことか？　俺は思わず石原の顔を見た。だが、石原は俺を無視し、志緒に話しかけた。

「なあ、志緒ちゃん、これ内緒なんだけどな、あれ、堀尾葉介の親なんだよ」

「えっ、それ、ほんとですか？」志緒が素《す》っ頓狂《とんきょう》な声で言った。

俺は驚きのあまり声が出なかった。堀尾葉介は有名な俳優だ。たしか、歳は俺と同じぐらいだったか。もとは「ＲＩＤＥ」というアイドルグループにいたが、人気絶頂のとき突然脱退して演技の勉強をはじめた。その後、地道に努力を続け、今ではアクションから時代劇までこなす日本映画界に欠かせない実力派になった。

以前、俺は堀尾葉介主演の映画を観たことがある。時代劇の大作で、二刀を駆使した豪快で美しい立ち回りに興奮したものだ。

「すごい話ですけど……石原さん、そんなこと言っていいんですか？　個人情報だし」そう言いながらも、志緒の眼が輝いていた。

「扱ったのは俺じゃないからＯＫさ。同業者の噂だよ。噂」

「でも、噂が広まって、あの方たちに迷惑が掛かったら大変ですよ」

「なに言ってるんだよ。息子を芸能界に売っ払って、ガキのうちから働かせてたくせに」

石原は文句を言うだけ言って、帰っていった。

その夜、俺は布団の中で悶々《もんもん》としていた。自分が惨めで恥ずかしかった。あれは金をたかりにきた道楽息子ではなかった。親に別荘を贈った孝行息子だったというわけだ。

堀尾葉介は成功して親孝行をしている。だが、俺は成功もしていないし、孝行する親もいない。そして、この先、親になれる予定もない。宙ぶらりんの人間だ。

混乱していたのは志緒も同じだった。眠れず、俺に話しかけてきた。

「ねえ、堀尾さんに頼んで、一度くらい、うちに堀尾葉介を連れて来てもらえないかな」

「堀尾葉介だって忙しいのに無理だろ」

「でも、この前、別荘に来てたんでしょ？　堀尾葉介にはアイドル時代からの熱狂的なファンがいるの。ちょっと立ち寄った店が、翌日から行列店になるんだって。もし堀尾葉介が来てくれたら、うちも大繁盛じゃない？」

「やめとけよ。芸能人の人気に頼るなんてみっともない」

「龍彦は甘い」志緒がきっぱり言った。「これはチャンスかもしれないのに」

「そんなチャンスなんかいるか。俺たちは堀尾葉介にたかる蠅《はえ》かよ」

「なにをそんなに怒ってるの？」

「怒ってない。ほっとけよ」

俺は布団を抜け出し、台所へ向かった。冷え切った部屋の中で冷たい水を飲む。ぞくぞくと震えた。わかっている。これは嫉妬だ。堀尾葉介は容姿と才能に恵まれ、誰もが好感を持ち、賞賛する男だ。それに比べて俺はどうだ？　人生をやり直そうとして、結局また逃げ出した。挙げ句が寂しい女につけ込んでヒモ暮らしだ。

俺は真っ暗な台所に立ち尽くした。溺れそうだ、と思った。

＊

年が明けて、ようやく正月気分が抜けてきた頃だ。冬にしては暖かい日だった。

散歩帰りに来店した堀尾夫妻が、陽の射すウッドデッキで日替わりランチコースを食べていた。奥さんはリスに餌をやりながら、ころころとよく笑っていた。

堀尾葉介の親だと聞いて以来、いつものように夫妻を見ることができない。勝手に卑屈になっている自分に気付き、もやもやとくすぶってしまう。

カウンターには石原がいた。今日も志緒に絡んでいる。

「あの甲斐甲斐しさが鼻につくんだよな。私は良い夫です、ってアピールしてるっていうか、妻に尽くす自分に酔ってる感じがしないか？　志緒ちゃん、そうだろ？」

「そんなことないですよ」志緒はさすがに笑ってごまかした。

「嘘つくなよ。志緒ちゃんだって、本当はむかついてるんだろ？　な、ああいうタイプって家に帰ったら虐待してるかもな」

あまりにも暴言がすぎる。俺はやんわりと注意した。

「石原さん、昼からすこし飲みすぎですよ」

「無粋なこと言うな。志緒ちゃん、お代わり」ワイングラスを差し上げる。

志緒が石原のグラスにワインを注いだ。石原はグラスを手に持ち、デッキに向かう。なにをする気だ。俺は慌てて後を追った。

「堀尾さん、ちょっと気が利かないんじゃないですか？　たしか、息子さんは、あの超有名な大スター、堀尾葉介くんでいらっしゃるんでしょ？　この店にかなり世話になってますよね。息子さんに食べに来てもらうとか、サインの一枚くらい書いてもらうとか、ほら、なにかあるんじゃないですか？」

石原が嫌みったらしくバカ丁寧な口調で言うと、堀尾夫妻の顔が強張《こわば》った。俺は慌てて割って入った。

「石原さん。やめてください」二人に頭を下げる。「堀尾さん、どうかお気になさらず」

堀尾夫妻はなにも言わなかった。そして、コースの途中で帰ってしまった。石原は勝ち誇った顔をしていた。


その夜以来、堀尾夫妻が店に来ることはなくなった。志緒は露骨にがっかりしていた。俺は志緒が浅ましく思えた。石原と同類のような気がした。

閉店作業をしていると、志緒が言いにくそうに言った。

「ねえ、龍彦。堀尾さんに謝りに行くべきだと思うの。うちの店で不愉快な目に遭ったのは事実だし……」

「機嫌を直して、うちの店に堀尾葉介を連れてきてくれ、って言うのか?」

「そんな嫌みな言い方はやめてよ」

志緒が黙り込んだ。しばらくためらっていたが、やがて思い切ったふうに言った。

「龍彦は夫婦愛に感動してるみたいだけど、別に長年連れ添った夫婦じゃないから」

「え?」

「堀尾葉介のこと、ネットで調べたのよ。子供のときに母親が家出して、父子家庭だった、って。だから、あの夫婦は再婚。堀尾葉介がデビューして売れっ子になった後、一緒になっただけ」

「あの奥さんは金目当てだって言うのか？」

「そんなことは言ってない。でも、崇《あが》め奉るほどのものじゃない」

「小馬鹿にした言い方はやめろよ。俺はあの夫婦が仲よくしてるのを見るのが好きなだけだ」

「龍彦自身は夫婦愛なんかに興味ないくせに。あの人たちの息子になりたかっただけでしょ？」

「なに？」

「自分で気付いてなかったの？　親孝行ごっこにしか見えなかったのに」

俺は混乱していた。俺はただ堀尾夫妻が好きだっただけだ。それだけだったはずだ。

「そんなんじゃない。志緒こそあの夫婦を金づる扱いしてる」

「商売はきれい事じゃない。私はこの店のためならなんでもする。堀尾葉介を連れてきてくれるなら、土下座だってする」

志緒の眼が真っ直《す》ぐに俺をにらみつけた。息ができない。溺れそうだ。俺はポケットのよぎのお守りを握り締めた。

「ああ、そうだ。商売はきれい事じゃない。給料を払うくらいならヒモを飼うほうがいいもんな」

志緒の顔が歪んだ。一瞬、呆然と俺を見つめ、それから絞り出すように言った。

「……龍彦のことをヒモだなんて思ったことは一度もない。でも、自分でヒモだと思うなら出てって。私はヒモを飼うつもりなんてないから」

俺は無言で店を出た。アパートに戻り荷物をまとめ、レガシィに積み込んだ。いつしか、外は雨になっていた。


志緒に拾われたのも雨の夜だった。そのときも、やはり俺は絶望していた。あてもなく車を走らせ、偶然見かけた店に入った。看板には「森の塩」とあった。

店には痩せた中年女が一人だった。女は俺が来るまで泣いていたようだった。眼が真っ赤に腫れていた。それでも、俺を客と見て笑顔を作った。

──いらっしゃいませ。

俺は入り口に立ち尽くし、ガタガタと震えていた。とにかく中へ、と女は俺を招き入れ、暖房を強くしてくれた。

──大丈夫ですか？　なにかあったんですか？

──ついさっきまで潜ってた。俺は潜水士なんだ。

──潜水士って、あの沈んだ船から人を助けるみたいな？

──そんな立派な仕事じゃない。池ポチャのゴルフボールを拾うように言われて……。

あまり凍えていたせいか、舌がもつれてそれ以上喋れなかった。女が熱々の粕汁《かすじる》を出してくれた。俺は夢中で食べた。そして、酒粕で酔った。酔ったついでに、長い思い出話をした。女は赤い眼で聞いてくれた。

その夜、女のアパートに泊まった。人と一緒に眠るのは久しぶりだった。

翌朝、今度は女の話を聞いた。「森の塩」は赤字だった。人を雇う余裕がなくなり、バイトに全員辞めてもらった。朝から晩まで、休日もなく、女は一人でひたすら働いた。だが、すこしも経営は改善されなかった。

――二十年間働いて貯めたお金があっという間に消えてくの。夢を叶えたと思ったのに、もうダメになってくの。ほんと、世の中って厳しいよね。でもね、私はこの店のために生きてるの。だから、この店と心中するつもり。

そう言って、女は寂しそうに笑った。

――俺でよければ働くよ。ここに置いて食わせてくれるなら、給料はいらない。

――本気？

――働かせてくれ。やっぱり、俺はもう潜れないんだ。

それが三年前のことだ。今、また俺は絶望し、行き場を失った。

車で一晩過ごし、翌朝、堀尾夫妻の家に行った。誤解だけは解いておきたいと思ったからだ。家には上げてもらえなかったので、玄関で話をした。

「すみません。お二人には大変申し訳ないことになってしまって」

「いえ。どうぞお気になさらず」

奥さんが俺を気遣ってくれた。だが、いつもの笑顔はなかった。その横で、堀尾さんは険しい顔をしていた。

「本当に申し訳ありません」俺は頭を下げた。

「いや、横山さんのせいじゃありません」堀尾さんの顔は強張ったままだった。

堀尾葉介の親であるということで、今までに何度も不愉快な目に遭ってきたのだろう。嫉妬や中傷のみならず、金目当ての人間が近寄ってきたに違いない。

「もしよろしければ、また来ていただけたら、と」

だが、堀尾さんも奥さんも返事をしなかった。二人の頑《かたく》なな様子を見ていると、たまらなかった。自分までもが金目当てだと思われていたのか。今さら言い訳がましいと思いつつも、言わずにはおれなかった。

「俺は親がいなくて、祖父母に育てられたんです。それに、もし親が生きていたら、やっぱりお二人ぐらいの年齢になっているわけで……二重の意味で勝手に親近感を覚えていました」

「ありがとうございます」夫婦が軽く頭を下げた。それだけだった。

もうどうしようもないのだ。俺も頭を下げた。失礼します、と帰ろうとしたとき、ドアを閉めようとした堀尾さんの身体が傾いだ。俺は慌てて堀尾さんを支えた。

「堀尾さん」

だが、返事はない。堀尾さんはうめき声を上げるだけだ。

「奥さん、救急車を」

奥さんが携帯で一一九番通報をしている間、俺は堀尾さんをソファに寝かせた。堀尾さんは意識が混濁し、なにかをずっと呟いていた。だが、一言も聞き取れなかった。

俺は車椅子の奥さんをトールワゴンに乗せ、救急車の後ろを走った。深いイチイの森を走る救急車は、街中で見るよりもずっと剣呑《けんのん》だった。

病院の廊下は慌ただしく人が行き来していた。奥さんは青ざめてはいたが、落ち着いている。俺は奥さんと二人でずっと座っていた。堀尾葉介に連絡しなくていいのか、と訊きたかったが、口には出せなかった。

「さっきのお話、横山さんはお祖父《じい》さんとお祖母《ばあ》さんに育てられたのね。どうりで、年寄りに慣れてると思った」

「いえ。年寄りだなんて……すみません」

「正直言うとね、ずっと私も嬉しかったの。息子ができたみたいで」

「立派な息子さんがいらっしゃるじゃありませんか」

「ええ。こんな身体の義理の母親にも良くしてくれる。葉介君はできすぎの息子。だから、申し訳なくて」

奥さんの言葉はすこし歯切れが悪かった。手放しで義理の息子に感謝できないことに、後ろめたさを感じているようだった。

以前、堀尾葉介を別荘で見かけたとき、堀尾さんが緊張していた理由がわかった。堀尾さんも同じ理由で、立派すぎる実の息子に距離を感じていたのだ。

「じゃあ、連絡は？」

「……できるだけ迷惑を掛けないように、って主人が」

「そうですか」

奥さんはしばらく黙って車椅子の肘掛けを撫《な》でていたが、やがて顔を上げて、いつものように気さくに話しかけてきた。

「ねえ、横山さんのお祖父さんとお祖母さんって、どんな方だったの？」

「ごく普通の田舎の年寄りです。小さな村で畑と田んぼをやってて。仲はよかったです。俺はかわいがってもらった。親がいない寂しさを感じずに育ちました――」


祖父とはよく川で魚を獲った。祖父は潜りの達人だった。俺は祖父にいろいろなことを教わった。たとえば、ゴーグルの曇り止めにはよもぎの汁がいい、などといったことだ。

ある夏の終わりだった。二人で潜っていた。魚を追って岩の多い場所まで来た。しばらく泳ぐとゴーグルが曇ってきた。岸に戻ってよもぎの汁を塗ろう、と方向転換をしたとき、足が岩に挟まった。抜こうとしたが、抜けない。俺は焦った。なんとかぎりぎり顔は出せるが、このままでは死んでしまう。無我夢中で水を叩いた。

――龍彦、落ち着け。

祖父が潜って、俺の足を抜こうとした。だが、なかなか抜けない。祖父は何度も潜り、俺を助けようとした。突然、激痛が走った。がりがりと岩に肉を削られながらも、足が抜けた。助かった。俺はほっとした。

――じいちゃん、怖かった。

だが、返事がない。あたりを見回すと祖父の姿がない。慌てて、潜る。すると、水の中を漂う祖父が見えた。

俺は祖父を見た。祖父も俺を見た。祖父は瞬《まばた》きもせず、ゆらゆら揺れながら、じっと俺を見ていた。見開いた眼には涙が浮かんでいた。水中なのに涙だとわかった。

祖父を失った祖母は目立って老け込み、俺が高校に入る頃に亡くなった。俺はしょっちゅう祖父の夢を見てうなされた。苦しい時期だった。

俺は思った。逃げていては一生悪夢にうなされる。克服してやろう、と。そして、村を出て潜水士になった。サルベージ会社に就職して、いろいろな現場で働いた。海やらダムやら、楽な現場もあれば二度と御免だという現場もあった。それでも、俺は懸命に働いた。やがて、祖父の夢を見ることもなくなった。

後輩と二人でダムの浚渫《しゆんせつ》作業をしたときのことだ。朝から潜って、取水ゲートの周りに溜まったゴミを取り除いた。そして、ゲートを開こうとしたが、途中で止まって開かない。後輩がもう一度潜って点検に行った。だが、途中で連絡が途絶えた。送気レベルも減っていた。

俺は慌てて潜った。そして、ゲートに引っかかった後輩を見つけた。マスクは外れていた。後輩はじっと俺を見ていた。俺を見ながら、ゆらゆら揺れていた。水の中の眼にはやっぱり涙が浮かんでいた。

俺は潜れなくなった。会社を辞め、付き合っていた女とも別れた。同棲していたアパートを引き払った日、女の晴れ晴れとした顔を見て俺は打ちのめされた。

だが、俺にできることは潜ることだけだった。このまま逃げ続けてどうする？　もう一度潜ろう。潜水士として再出発して彼女を迎えに行こう。

フリーになって最初の仕事はゴルフ場からの依頼だった。池ポチャしたボールを回収する仕事だ。営業の終わった夜、真っ暗な池に潜って、網でゴルフボールをすくう。

この仕事を無事に完了させれば自信になる。俺は潜れるのだという証拠になる。ゴルフ場の仕事はうってつけだった。なにせ夜の仕事だ。なにも見なくて済む。祖父の、後輩の眼を見なくて済む。これなら大丈夫だ。

だが、ゴルフボールは拾えなかった。池の底は真っ暗で、水中ライトの届く範囲がぼんやり見えるだけだった。なのに、祖父がいた。後輩がいた。涙を浮かべた眼がはっきり見えた。俺は溺れそうになった。よもぎを採りに行かなければ。よもぎの汁を塗らなければ、俺も溺れてしまう――。

池から上がり、ゴルフ場を出た。彼女に電話した。声が聞きたかった。だが、電話はつながらなかった。もうとっくに俺たちは終わっていたのだ。

志緒に拾われたのはその夜だった。俺たちは殺風景なアパートで抱き合って眠った。

――水の中の涙、か。ねえ、あなたは『ブレードランナー』って観たことある？

――いや。それがなにか？

――雨の中の涙、って台詞《せりふ》があるの。死んで行くレプリカントが言うのよ。……思い出も時と共に消える。雨の中の涙のように、って。だから、あなたの思い出も消えていく。辛い苦しい思い出でもね。

——思い出も消えていく、か。

——そう。だから、私はあの映画が好き。今までいろんなことがあったけど、みんな消えていくの。

翌朝、志緒が出してくれたのは、メイプルシロップに浸かったフレンチトーストとベーコンだった。

「森の塩」で働きはじめて一ヶ月ほど経った頃、志緒がプレゼントをくれた。掌に収まるほどの楕円《だえん》形の板で、透明なアクリル樹脂でできている。樹脂の中には緑の葉が一枚、閉じ込められていた。切れ込みの入った葉には見覚えがある。よもぎだ。

——それ、よもぎのお守り。溺れないで済むように。

以来、俺は肌身離さずよもぎのお守りを身につけていた。この三年間、俺がやってこられたのはよもぎのお守りのおかげだった。

俺は奥さんによもぎのお守りを見せた。奥さんは濃い緑のよもぎの葉を見つめていた。

「三年間も守ってくれたのなら、これはすごいパワーのあるお守りなのね」

「……たぶん」

「私が結婚したのは五十のとき。人が一緒になるのに、遅すぎることはないと思う。六十でも七十でも八十でも、そばにいてほしい、そばにいてやりたい、と思う人がいたら迷わず一緒になるべき」

俺は奥さんの顔を見た。奥さんは、にこにこ笑っていた。

「説教臭くてごめんなさいね」

「いえ。ありがとうございます」

俺は手の中のお守りを見つめた。志緒のくれたよもぎが三年間、俺を守ってくれたのだ。

＊

堀尾さんは東京の病院に転院していった。別荘も引き払うとのことだった。俺はアパートに戻ったが、志緒とはギクシャクしたままだった。

二月に入った雨の夜のことだった。店を閉めた後、堀尾葉介が来た。

俺も志緒も声が出なかった。一瞬で店の空気が変わったのがわかった。色も、匂いも、音も、なにもかもすべてが新しく、鮮やかに輝き出したような気がした。

「ご迷惑をお掛けしました。父がお世話になりました。お礼が遅くなって申し訳ありません」

堀尾葉介は深々と頭を下げた。その仕草は実に自然で、でも真摯《しんし》な礼だった。

「いえ、たいしたことはしてません。それで、お父様のご様子は？」

「もう落ち着きました。本当にありがとうございました」

志緒が緊張した顔でコーヒーを淹れた。堀尾葉介は一口飲んで、美味しい、と微笑んだ。気持ちのいい笑顔だった。俺も志緒も見とれた。否応なしに惹きつけられる。この男に好感を持ってしまう。

俺は憑きものが落ちた気がした。堀尾葉介にはすこしも気取ったところがないのに、それでいて完璧なスターで完璧な息子だった。俺に勝てるところはなに一つなかった。清々しいほどの負けっぷりだった。

「お父様はお優しい方ですね。甲斐甲斐しく奥様の面倒を見てらっしゃって。仲のよいご夫婦で羨ましいですよ」

「父は愛妻家なんです」

堀尾葉介はしばらく微笑んでいたが、やがて、ためらいがちに言った。

「僕について、父がなにか言いませんでしたか?」

「いいえ、特になにも話しませんでしたが」

「そうですか」

堀尾葉介がほっとしたような顔をした。なにか、とはなんのことかわからなかったが、詮索はしなかった。その代わり、俺は思い切って頼んでみた。

「不躾なお願いで恐縮ですが、サインを一枚いただけますか?」

「ええ、いいですよ」

堀尾葉介は笑顔で「森の塩様へ」とサインを書いてくれた。

堀尾葉介を見送ろうと外へ出ると、雨は一層激しくなっていた。しばらく堀尾葉介はテラスに佇んでいた。叩きつける雨のせいで水煙が上がっている。雪ならいいが、冬の雨、しかも夜の雨は凄まじい。

堀尾葉介はじっと雨を見ていた。降りしきる雨音は轟音《ごうおん》といってもいいほどだ。ちらりと見るとなんだか顔色が悪い。

「大丈夫ですか？　ちょっと顔色が」

「ああ、すみません。このところ忙しくて」堀尾葉介がはっと振り向き、俺を見た。「雨は……水が苦手なんです」

そう言って、はにかむように笑った。

成績優秀、スポーツ万能、クラスで人気者の男の子がいる。欠点などないように思われていた彼が水泳の授業の直前に告白する。照れくさそうに頭を掻きながら、実は水が苦手なんだ、カナヅチなんだ、と。

そんな初々しさ、微笑ましさが俺と歳の変わらない堀尾葉介の笑顔にあった。なるほど、これがスターの笑みか、と俺は一瞬で納得させられた。

「俺は元潜水士だったんですが、やっぱり水は苦手ですよ」

「潜水士でもですか？」

「水の底は怖いですよ。真っ暗でなにも見えないこともあるんです」

「僕も同じです。雨の日に車に乗っていると、水の底に沈んだような気がするんです。どれだけワイパーを動かしてもなにも見えない、息ができなくて溺れそうだ、って」

堀尾葉介はほんの一瞬だけ、なにかを堪えるような眼をした。瞬間、俺はたまらなくなった。

「そうだ、これ、よかったら」俺はポケットからよもぎのお守りを取り出した。「お守りです。中はよもぎの葉っぱなんですよ。よもぎの汁はゴーグルの曇り止めに使います。これを持っていれば、ちゃんと前が見える」

「いいんですか？」堀尾葉介は困惑した顔をした。

「ええ。俺にはもう必要ない。今度こそ浮上するんです」無理矢理、お守りを押しつけた。

「ありがとうございます」

堀尾葉介はお守りをぎゅっと握って笑った。引き込まれるような笑顔だ。胸が痛くなる。俺は思い切って言ってみた。

「『ブレードランナー』って映画、観たことがありますか？」

「ええ。ありますよ」

「じゃあ、レプリカントの台詞を憶えてますか？……思い出も時と共に消える。雨の中の涙のように、って。俺はすごくいい台詞だと思う」

はっと堀尾葉介は息を呑み、それから眼を伏せた。よもぎのお守りをじっと見て言う。

「……たしかにあれはいい台詞ですね」

そして、静かに微笑んだ。水底から見上げる光のような笑顔だった。

雨の中、ＡＭＧクーペを見送った。店に戻ろうと数歩、歩いて気付いた。なんだか身体が傾ぐ。真っ直ぐ歩けない。よもぎのお守りのなくなったポケットは軽く、うまくバランスが取れないような気がした。

でも、軽い。

俺は気付いた。あのお守りは俺を守ると同時にウェイトでもあったのか。ずっとずっと俺を水の底に縛り付けていたのか。

ウェイトを堀尾葉介に押しつけたことに少々気が咎《とが》めたが、すぐに思い直した。あの男なら大丈夫だ。どんなウェイトをつけても軽々と歩いて行くだろう。堀尾葉介なら背中に翼があってもおかしくない。

俺はすこし傾ぎながら厨房に向かった。志緒に言う。

「結婚しないか?」

「え?」

「ヒモを飼うつもりはないんだろ?　亭主ならどうだ?」

「今さら?」

「そう、今さら」

「私は四十五歳で、龍彦より十歳も年上なの。わかってる?」

「わかってる。でも、結婚すればできることがある。石原を出禁にできる。俺の妻に手を出すな、って言える」

「石原さんがいなくなったら、店の経営は?」

「俺が頑張るよ。堀尾葉介のサインもある。なんとかなるさ」

「簡単に言ってくれる」志緒が泣き笑いの顔になった。「じゃ、なんとかしましょう。二人で」

堀尾葉介は俺に訊ねた。──僕について、父がなにか言いませんでしたか、と。その言葉の意味は二週間後にわかった。

週刊誌に熱愛報道が出た。相手は映画で共演した年上の女優で、密会場所は堀尾葉介の父親の別荘とあった。なるほど、気にしていたのはこれか。あんな完璧な男でもこそこそしなければならないのか。俺はおかしく思い、それから、スターは大変だ、とすこし同情した。

別荘には大勢のマスコミが押しかけた。「森の塩」は芸能レポーターやカメラマンの休憩場所としてごった返した。壁に飾った「森の塩様へ」というサインは「証拠」として、ワイドショーで繰り返し映った。

もちろん、ファンも押し寄せた。想像以上の凄まじさだった。俺と志緒はひたすら働き続けた。

「こんな経験、一生に一度きりだから。思い切り楽しまなきゃ」厨房の志緒の顔は汗でぐちゃぐちゃだった。だが、満足そうだった。

「今だけだとわかってるけど、たった一度でもこんなに店が繁盛してくれて……大げさだけど、報われたような気がする」

味が評判になって行列ができたわけじゃないから……と志緒は恥ずかしそうに笑う。でも、押しかけた客はみな志緒の料理を食べ、美味しいと言ってくれたのだ。だから、俺は誇っていいと思うし、志緒にもそう言った。

熱愛報道の騒ぎは一ヶ月ほどで収まった。追加の材料がなにもなかったからだ。二人はすぐに別れたようだった。「森の塩」はやがて静かになった。

俺の身体は相変わらず傾いでいる。でも、志緒が一緒にいるとバランスが取れることに気付いた。これからもなんとか真っ直ぐ歩いて行けるだろう。

雨の日には、俺は堀尾葉介を思う。彼に押しつけたよもぎのお守りは役立っているだろうか。そして、祈る。彼が二度と水の底で溺れませんように、と。

第五章
真空管と
女王陛下のカーボーイ

丸子《まるこ》家には週に二日続く「カレーorハヤシ」の日がある。肉と野菜を鍋で煮るところまでは共通で、その週どちらのルーを投入するかで分岐した。

玉ねぎと人参《にんじん》が軟らかくなったので、丸子浩志《ひろし》は火を止めてベランダの晴也《せいや》に訊ねた。

「カレーorハヤシ、どっちがいい?」

「先週カレーだったから、今日はハヤシ」

晴也はシャツの皺《しわ》を丁寧に伸ばしながら、物干し台の下の段に干している。小学校三年にしては小柄なので、上の段には手が届かない。だから晴也が干すのは下の段の小物だけで、シーツやバスタオルのような大物は浩志が干すことにしている。

了解、とハヤシライスのルーを鍋に割り入れ、慎重にかき混ぜた。以前、仕事に遅れそうになり大慌てで混ぜたことがある。結果、人参が全部潰れた。

――人参が塊のままなら、なんとか我慢して食べる。でも、潰れてルーの中に溶けたら全部が人参味になるから嫌だ。

晴也は静かに怒りを訴えた。日頃、滅多に文句など言わない子だから、浩志には応えた。

「よし、一丁上がり」

今日と明日の夕食はできた。これで二日間は夕食の心配から逃れられる。ほっとしながら洗面所に向かった。大急ぎで顔を洗って髭を剃《そ》る。今日は仕事帰りに鮎子《あゆこ》のアパートに行く予定なので、いつもよりも念入りにシェーバーを当てた。

「お父さん、後はバスタオルとジーパンだけ」晴也がベランダから戻ってくる。

「サンキュー。今日は遅くなるから、ハヤシ温めて食べろ」

浩志はシェーバーを置いてベランダに向かった。網戸が破れているのが気になった。この穴は一昨日連れ帰った犬が大暴れした跡だ。ここは三階だから普通に蚊が入ってくる。早く修繕しなければと思いながら、晴也が残していったバスタオルとジーパンを干した。

死んだ妻は「家庭内の事故」には細心の注意を払っていた。ベランダには踏み台になるものは置かない、風呂の水は溜めない、コンセントにはカバーを付ける、などなどだ。

だが、そんな妻は呆気なく「家庭外の事故」で死んでしまった。夜の公園で階段を踏み外したのだ。保護したばかりの仔猫の入ったケージを抱えたまま、妻は石段を転げ落ちた。そして、意識の戻らないまま一週間後に亡くなった。

洗濯物を干し終えると、髪を整えキャップをかぶった。四十歳にしては髪だけは多い。キャップで押さえないとすぐに爆発してしまう。

「お父さん、パンは?」晴也がオーブントースターの扉を開けながら訊ねた。分厚い五枚切りの食パンを手にしている。

丸子家のトーストは厚い。死んだ妻が関西出身だったからだ。

――六枚切りやったら食べた気がせえへん。八枚なんて論外やわ。

抜けない大阪弁でそう言って、わざわざ店で五枚に切ってもらっていた。だから、丸子家は今でも五枚切りだ。

「時間ない。行ってくる。晴也も気を付けて学校行けよ」靴を履きながら、声を掛けた。「体操服、忘れんなよ。宿題も」

「大丈夫。行ってらっしゃい」

小学校三年生にしてはしっかりした子だ。余計に辛くなる。

浩志は玄関を飛び出し、三階から一気に階段を駆け下りて駐車場へ走った。晴也が生まれたときに買った中古マンションは、東京の西部に広がるニュータウンの片隅にある。すこし駅からは遠いが、「ペット可」なので決めた。保護した犬猫を連れ帰ることを考えてのことだった。

丸子浩志は「ペット探偵」だ。いなくなったペットを探し出し、飼い主の元に返す仕事だ。昨今のペットブームもあってペット探偵の需要も年々増え、親子二人食っていける程度には儲かっていた。

だが、ペット探偵の仕事は昼も夜も時間を問わない。昼間は隠れているペットも夜になると動き出すことが多いからだ。深夜の捜索中に職務質問されたことは何度もある。そのたびに帰りが遅くなって、晴也に心配を掛けた。

浩志は息を切らせてトールワゴンに乗り込んだ。側面にはデフォルメされた犬と猫の絵、それに「大切なペット探します　ペット探偵マルコ」の文字が大きく描かれている。コンパクトカーばかりが並ぶ駐車場ではやたら目立っていた。

　エンジンを掛け、いつものようにカーステレオのスイッチを入れる。入れっぱなしのＣＤから鮎子の声が流れ出した。会えない日のためにわざわざ焼いた物だ。家では聴けないので、もっぱら車で聴いていた。

　今日はいなくなって半月になる猫の捜索二日目だ。初日に「迷い猫」のビラを撒いたところ、早速情報があった。近くの遊歩道で何度か見かけたような気がする。時間はいつも午前中、とのこと。同じ時間帯に張り込むため、急いで家を出たのだ。

　遊歩道の近くに車を駐め、キャリーバッグと網、猫用おやつを用意した。早速、捜索開始だ。通常、迷い猫は家のすぐ近くで見つかることが多い。近所の家で飼われていることも珍しくない。浩志は地図を確認した。遊歩道は飼い主の家から直線で百メートルほどだ。遊歩道の行き止まりには公園があり、その先は交通量の多い四車線の道路だ。探す猫が通りを越えたとは思えないので、捜索範囲は絞られる。

　浩志は公園と遊歩道を行きつ戻りつして、猫を探した。だが、一向に姿は見えない。遊歩道を通る人たちにも片っ端から声を掛けた。ベビーカーを押した女性、大学生、散歩中の老人などなど、みな協力的だったが目当ての猫を見かけた者はいなかった。

　コンビニでおにぎりとペットボトルの茶を買い、公園で休憩した。携帯を見ると、鮎子からラインが来ている。今夜は何時？　とある。八時に行く、と返信した。

　鮎子は二十八歳の歯科衛生士だ。普段は歯科医院で働き、気の向いた夜にギターを鳴らして歌っている。付き合うきっかけは「ウィザウト・ユー」だった。

ある夜、猫を探して街を歩いていたとき、駅前で路上ライブをやっている女がいた。長い髪を乱し、ニルソンの「ウィザウト・ユー」を歌っている。妻が好きだった曲だ。

――君なしでは生きていけない。

思わず足を止め、聴き入った。低くしゃがれた芯のある魅力的な声だ。浩志は全身でその歌を聴いた。聴かずにはいられなかった。

以来、猫探しのついでに路上ライブに通うようになり、やがて話をするようになり、食事をするようになり、酒を飲むようになり、そして寝るようになった。

茶を飲み干し、公園のベンチから立ち上がった。行き詰まっているので捜索範囲を広げることにする。一旦、家に戻り、追加のビラを印刷した。そして、夕食のハヤシライス用の御飯を炊くと、再び家を出た。

再び、ビラを一軒一軒ポストに入れて聞き込みをした。そして、陽が落ちてからもう一度遊歩道を探した。だが、やはり見つからない。結局、なんの成果もないままだった。

夜八時、くたくたになって鮎子の部屋を訪ねた。鮎子は仕事から帰ったばかりで、まだ「歯医者」の匂いがした。ちょっと、ぞくっとした。

「なに？　どうしたの？」鮎子が不思議そうな顔をする。

歯医者の匂いが素敵だ、と言おうとして言えなかった。鮎子といると、ときどき自分がひどく言い訳がましい人間に思えてくる。すべてに理由を探してしまうからだ。

鮎子と向かい合って夕飯を食べた。イカとセロリの炒め物はネギ油が効いていて美味しい。だが、一人でハヤシライスを食べる息子を思うと、罪悪感に胸が痛んだ。

食事が終わると、二人でシャワーを浴びた。

「夜中に一人で猫を探して歩くだろ？　そんなときにふっと鮎子の歌を思い出すんだ。最初に聴いた『ウィザウト・ユー』だ。そうしたら、仕事中なのに鮎子に会いたくて居ても立ってもいられなくなる」

高校生の頃、鮎子は歌手を目指して何度もオーディションを受けたが、結局望みは叶わなかった。諦めて歯科衛生士になり髪をひっつめ歯石を取る日々を送っていたが、ある夜突然、我慢ができなくなった。髪を下ろすとギターを抱えて街に飛び出し、人目も気にせず思い切り歌った。もう何年も歌っていなくて声はまともに出なかったが、あれほど気持ちよく歌えたのははじめてだったという。

「ＣＤ聴いて我慢して」

鮎子がささやくように言う。甘くかすれたいい声だ。この声を落とした連中は本当に見る眼がない。

「鮎子は食パン、何枚切りだ？」

「八枚。丸子さんは？」

五枚切りの理由を説明するのが面倒で、とりあえず抱きしめた。濡れた長い髪が鼻先に触れる。瞬間ふっと思い出した。死んだ妻は頭の形が綺麗で、ショートカットがよく似合っていたな、と。

　鮎子と付き合うようになって一年経った。この女と再び家庭を持てたら、と思うが、口にしたことはない。子持ちの男やもめの再婚にはハードルがある。相手が未婚の若い女となれば、そのハードルはぐんと高くなった。

　一つ目のハードルは死んだ妻だ。三年経っても生活の端々に妻の気配がある。たとえば食パンだ。五枚切りを見ても八枚切りを見ても、妻を思い出す。意識しているつもりがないから、妻の気配は消えないし消せない。

　二つ目のハードルは晴也だ。今、小学校三年生。もっと幼ければ、新しい母親ができても馴染むことができるだろう。もっと大きければ、親の再婚を理性的に受け止められるだろう。だが、八歳ではどちらも難しい。

　帰るとき、鮎子がエレベーターで一階まで送ってくれた。

「で、結局、丸子さんは食パン、何枚？」

「五枚」

　エレベーターホールでは抱きしめてごまかせないので、仕方なく答える。

「五枚？　すごい。そんなのどこで売ってるの？　一度食べてみたいな」鮎子が眼を丸くし、笑った。

　今度買ってきてやる、と言おうとして言えなかった。鮎子は俺のためらいを察したか、それ以上はなにも言わなかった。

十一時過ぎに家に戻ると、晴也はソファでうたた寝していた。

「ごめん、遅くなった。晩御飯、食べたか？」

「うん。食べた。お風呂も入った。宿題も、歯磨きもした」晴也が先回りして答えた。

「偉いな、晴也は」

褒めてやると、途端に嬉しそうな顔をした。眼を輝かせて喋り出す。体育でドッジボールをしたこと、校外学習の下調べをしたこと、給食がカレーでハヤシとかぶらなくてラッキーだったこと、などなどだ。晴也の笑顔を見ていると、罪悪感にまた胸が痛んだ。

晴也を寝かしつけると、居間に戻った。棚から妻の好きだったニルソンのアルバムを取り出した。映画『真夜中のカーボーイ』の主題歌で大ヒットした「うわさの男」や「ウィザウト・ユー」が入っている。ニルソンは酒とドラッグに溺れて五十過ぎで死んだが、声は甘く、くらくらするほど歌が上手い。

照明を落として、妻が大切にしていた真空管アンプの電源を入れた。暖まるまでしばらく待つ。

妻は大学の生協食堂のバイト仲間だった。昼休みには二人でひたすらサービス定食を盛り付けた。知り合いからは「大衆食堂の若夫婦」と呼ばれるほど息が合った。二人ともオールディーズやすこし古めの洋楽が好きで、すぐに付き合うことになった。

妻は動物保護サークルに所属して、犬や猫を連れて養護施設や老人ホームを訪問したりしていた。

――猫を膝にのせたり、犬の頭を撫でたりするだけで、お年寄りや子供の顔がぱっと明るくなるんやよ。ずっと無表情やった人が笑うの。本当に劇的な変化。動物って想像以上に愛情深いんやよ。

――でも、それってなんだか勝手な話じゃないか？　人間が動物の愛情を利用してるように聞こえる。おまけに、いろいろなところに引き回されてさ。

――もちろん、動物たちにストレスが掛からないようにできる限り気を遣ってる。でもね、動物は寂しい人がわかるんやと思う。その人は自分を必要としてるんや、って。だから、動物たちが自分から寄り添っていくときもあるんやよ。

――動物のほうから？

――そう。それにこんなふうにも思う。動物たちだって必要とされたがってるんやな、って。

その話は深く胸に残った。だから、プロポーズのときはこう言った。

――僕は君を必要としている。そして、君に必要とされたい。

卒業してすぐに結婚し、二人でペット探偵をはじめた。生活はギリギリだったが、大切なペットが帰ってきたときの飼い主の笑顔があるから、なんとか続けられた。

なかなか子供ができず半ば諦めていたのだが、結婚して十年目で晴也が生まれた。仕事も軌道に乗り、このまま幸せに暮らしていけると信じていた。妻が死ぬまでは。

暗い居間で真空管の仄《ほの》かな赤い光を眺める。柔らかな光は人の温もりのようだが、それだけ生々しいとも言える。

そろそろ暖まったか、と立ち上がってプレーヤーのスイッチを押した。

君なしでは生きていけない——。

ニルソンの悲痛な声が胸に刺さる。妻が死んだときは一生この哀しみから逃れられないのだと思っていた。なのに、たった三年で他の女と結婚したいと思っている。晴也の負担を考えると、再婚を考えるのは間違いではない。でも、それを鮎子に会う理由にするのは間違っている。それはただの、都合のいい言い訳だ。

いつの間にか「ウィザウト・ユー」は終わり、「うわさの男」がはじまっていた。「うわさの男」とは「誰もが知っている、後ろ指をさされるような男」のことで、不倫の意味だと言われている。

浩志のやっていることは不倫ではない。だが、隠し事をしている点から言えば大差はなかった。

＊

翌日は午後から新規の依頼客と会うことになっていた。「堀尾事務所」の木下《きのした》という男からのメールには、仕事ではなく取材の依頼とあった。

待ち合わせ場所はホテルの喫茶室だった。現れたのは小太り、丸顔の福々しい男で、小脇に鯛《たい》が似合いそうだ。木下はぺらりと一枚、A4サイズの書類を差し出した。

『幸せの猫探しつかまつる』 監督 石崎肇《はじめ》 出演 堀尾葉介 染井わかば
浩志は思わず木下の顔を見上げた。にこにこ笑っている。余計にえびす顔に見えた。

「すみません。メールでは詳しいことは書けなかったので。これは映画の企画書です。主人公はペット探偵で、演じるのは堀尾葉介です」

「堀尾事務所って……あの、堀尾葉介の事務所ですか」

取材依頼のメールが来たとき、念のため堀尾事務所を検索したが情報はなにもなかった。ライターか個人でやっている企画会社の類《たぐ》いかと思っていたら、まさかあの堀尾葉介の事務所だったとは。

堀尾葉介を知らない者などいない。顔もスタイルも抜群で、アイドル時代は圧倒的な人気があった。俳優に転身した後は演技力を評価され、数々の映画賞を獲った。バラエティに出ても対談をしても、真摯で誠実な人柄がにじみ出る。男女両方から愛される男だ。

木下はあたりを見回して、声を落として言う。

「すみません、まだ表には出ていない話なので。この件は他言無用に願います。この映画は大手の制作ではないので、ミニシアター中心での公開になると思います。っていうか、ほぼ自主制作みたいなものなので」

「わかりました」浩志も声をひそめる。「でも、なぜ、うちを選んだんですか？ うちは私一人でやってる零細です。もっと大手のしっかりした業者があるのに」

「それじゃあダメなんですよ。映画の設定では一匹狼のペット探偵なんです。しかも侍。堀尾は役作りの参考にしたい、と」

「そんなふうに言うと格好良く聞こえますね」思わず浩志は笑ってしまった。「で、具体的にどういった取材を考えてらっしゃるんですか？」

「ペット探偵としての裏話などをうかがいたいのと、それから、アシスタントとして実際の捜索に同行させていただければと思っています」

「取材スタッフは何人くらいですか？　あまり大人数で動くと、ペットは警戒して隠れてしまうので」

「ああ、それは大丈夫です。行くのは堀尾一人だけです」

「マネージャーとか付き人もなし？　あんなに人気なのに？」

「堀尾は自分のことは自分でする人なんです。仕事も一人で行くことが多いですよ。もちろんスケジュール管理は事務所でやりますが、プライヴェートはノータッチ。とにかく手が掛からない人なんです」

「すごいな。あれくらいの大物になると、なんでも人任せかと思ってました」

浩志は感心した。たしか、好感度はずっとトップだ。偉ぶったところがないのが好かれる理由か。そう言えば、すこし前に女優との噂があったが、イメージはすこしも傷つかなかった。羨ましい男だ。

「いえいえ、とんでもない。親切だし、腰は低いし、我が儘《わまま》は一切言わない。本当にいい人なんですよ。困ったことと言えば……」木下がすこしわざとらしく顔をしかめた。「堀尾は車が好きで、自分で運転したがるんです。事故を起こしたら大変だからやめてほしいんですけど、こればっかりは聞き入れてもらえなくて」

「車好きって、相当飛ばすんですか？」

「いえ、安全運転ですよ。でもねえ」

困ったことだと言いながらも、嬉しそうに見えた。堀尾葉介はよほど愛されているようだった。

ふいに、海辺の道を真っ赤なオープンカーで走る堀尾葉介が浮かんだ。真夏の陽射しの下、気持ちのいい風が吹いている。この先、悪いことなど起こるはずがない、といったふうだ。

スケジュールを調整してまた連絡します、と木下は帰っていった。

浩志は急に心が軽くなったような気がした。堀尾葉介の映画なら、きっとそれなりにヒットするだろう。エンドロールには「協力　ペット探偵マルコ」とクレジットされる。多少は宣伝効果もあるだろうし、もしかしたら、他からも取材依頼がくるかもしれない。マスコミにツテができて収入が増えれば、人を雇って事業拡大できるかもしれない。ペット探偵として成功できれば、と浩志は皮算用をした。きっとこれはチャンスだ。

その夜の捜索で猫を一匹見つけた。気分よく家に帰ると、晴也はもうベッドに入っていた。静かに眠る息子を見下ろす。一人きりの寝息が寂しげだった。浩志は晴也の頭をそっと撫でた。

なあ、そろそろ新しい生活をはじめてもいいか？　今、いい風が吹いてきたような気がするんだ。

木下が堀尾葉介の話を持ってきた翌日から、本当にいい風が吹き出した。

突然、仕事が忙しくなった。新規の依頼が増え、休む間もない。浩志は週に二回、「カレーｏｒハヤシ」を仕込んだ。つまり、週に四日は「カレーｏｒハヤシ」ということだ。だが、晴也は文句一つ言わなかった。それどころか今まで以上に家事を手伝ってくれた。

これ以上、健気《けなげ》な息子に甘えていてはいけない。これからどうやって生活していくか、はっきりさせるべきだ。結果がどうなろうと、鮎子の気持ちを確かめなければ先に進めない。浩志は覚悟を決めた。

仕事を終え、鮎子の部屋にたどり着いたのは九時過ぎだった。二人で鮎の塩焼きとイカの酒蒸し、それにネギとわかめの酢味噌和《すみそあ》えを食べた。

「ねえ、鮎ってどう思う？」

鮎子が皿に残った蓼酢《たでず》を箸で突《つつ》きながら訊ねた。

「どうって？　俺は好きだよ。美味しいから」

「鮎子って名前はね、釣り好きの祖父が付けたの」箸を持ったまま、ちょっと行儀悪く頬杖《ほおづえ》を突いて言う。「でも、私、あんまり気に入ってない。なんで魚なの？　サザエさん家《ち》じゃあるまいし」

「いい名前だよ。俺は好きだ」

「年配の男性にはウケがいいの。一見清楚《せいそ》だがベッドでは乱れる、みたいなイメージなんだって。なに勝手なこと言ってるんだろ」

ときどき、鮎子はぎょっとするようなことをさらりと言う。でも、決して下品にはならない。どこか開き直ったような爽快感さえあるから不思議だ。でも、今は手放しで気持ちよくなることができなかった。「年配の男性」としてひとくくりにされたからだ。

用件を切り出せないまま時間が過ぎていく。ちらと窓の外に眼をやると、いつの間にか雨が降っていた。しまった、と思う。

「どうしたの?」

「晴也の体操服を干したままだった、明日は体育の授業があったはずだが」

「じゃあ、早く帰らなきゃ」鮎子が立ち上がろうとした。

「いや、大丈夫。なんとかなる」

体操服は下の段に干した。晴也にも取り込めるから大丈夫だ。

覚悟を決めたはずなのに、いざとなったら尻込みしてしまう。落ち着かない浩志を見て、鮎子がひとつため息をついて立ち上がった。食後のコーヒーを淹れてくれる。

浩志はまだ熱いコーヒーを一息に飲み干した。今、勇気を出さないと、一生「ひとくくり」のままだ。

「結婚してほしい。丸子鮎子になってほしい」

すると、鮎子は無言で頬杖を突いたまま浩志を見返した。驚いた様子はない。

「俺は四十で小学生の子供がいる。鮎子は初婚でまだ二十八だ。いろいろ釣り合いが取れないのはわかっている。でも、鮎子と一緒にいたい。二人で生きて行きたい」

もっといろいろ言いたかったが、言い訳になりそうでなんとか呑み込んだ。

だが、鮎子は黙ったままだ。浩志は焦った。言わなくてもわかる、は甘えだろうか。

「いろいろハードルが高いのはわかってる。でも、それを乗り越えるために、精一杯努力するつもりだ」

鮎子はなにも言わない。まさか断られるのか。浩志は息苦しくなってきた。

「今から思えば一目惚れだったんだ。君が『ウィザウト・ユー』を歌うのを見てたまらなくなった。あのときは妻が死んでまだ二年目だった。そんなことを思うのは不謹慎だと思ってた。でも、最近思うようになった。これ以上時間を無駄にしたくない。結果がどうなるにせよ、きちんと俺の気持ちを伝えたいと思ったんだ」

次の瞬間、鮎子が大きなため息をついた。それから、突然呆れた顔をし、笑い出した。

「……もう。やっと言ってくれた」

「え？」

「どれだけ待たせる気よ。仕方ないから私からプロポーズしようか、って思ってたのに」鮎子は背筋を伸ばし、きちんと座り直した。「ねえ、晴也くんに私のこと、話したの？」

「まだ話してない。今度、晴也に紹介する。親の俺が言うのもなんだが、すごくいい子なんだ」

「ストップ」鮎子が手で制止した。「わかってる。でも、焦らないで。そんなに簡単じゃないから」

「あ、ああ。たしかに」

浩志はがつがつと前のめりになっていた自分が恥ずかしくなった。それから、心の中で深呼吸をした。大丈夫。一つハードルを越えた。とりあえずは成功だ。

「実は、今、仕事でちょっとしたチャンスがあるんだ。上手く行けば事業拡大できる」

「投資かなにか？」はっきりと鮎子が眉をひそめた。「丸子さんが投資に向いてるとは思えないけど」

「違う。あくまでも本業の話だ。ちょっといい風が吹いてるんだ」

「そう。なら、いい風に乗ってみたら？」

今度はにっこり笑って、さらりと言う。だが、浩志はかえって戸惑ってしまった。

「うん。でも、調子に乗って痛い目を見るのもなあ……」

「なに言ってるの。調子に乗ればいいじゃない。上手くいけばそれでよし。ダメならそのときはそのとき。せっかくのいい風がもったいないでしょ」

鮎子が真っ直ぐな眼で浩志を見た。かすれ声の叱咤《しった》に身体が痺《しび》れた。そうだ。せっかくのいい風がもったいない。仕事にも再婚にも、ブレーキを掛けていたのは俺自身だ。

鮎子の部屋を出た頃には、雨はかなり激しくなっていた。横殴りの風が吹いて、ちょっとした嵐のようだった。浩志は苦笑した。「いい風」にしてはちょっと強すぎるか？　吹き飛ばされそうだ。でも、この勢いは歓迎だ。もっともっと俺の背中を押してくれ。

ニール・ヤングの「ライク・ア・ハリケーン」を鼻歌で歌いながら、マンションに帰ってきた。駐車場に車を駐めようとして、赤い光が見えた。救急車の回転灯だ。救急車の周りには傘を差して人が集まっている。嫌な予感がして駆け寄ると、同じ階に住む中年夫婦の顔が見えた。

「丸子さん、晴也君が……」

慌てて救急車に乗り込んだ。ストレッチャーの上で、晴也はぐったりとしていた。

雨が降ってきたので、晴也は洗濯物を取り込もうとした。小物類と体操服は取り込んだが、高い竿に掛けたバスタオルが残った。いつもなら残しておくのだが、今夜は自分で取り込もうとした。ベランダに踏み台を持ち出し、バスタオルに手を伸ばした。そして、バランスを崩して落ちたという。

幸い下は植え込みで、打撲だけで済んだ。だが、念のため一晩入院することになり、浩志はベッドの横で付き添った。

パイプ椅子に腰を下ろし、浩志は頭を抱えた。自責の念で押し潰されそうだった。どんな言い訳もできない。責任は自分にある。浩志は暗い病室で声を殺して泣いた。

翌日、晴也は無事退院できた。だが、数日は注意するようにとのこと。家に連れ帰り、すぐに寝かせた。

「お父さん、お仕事あるのにごめんね」

気を遣う息子を見て、また泣きそうになった。懸命に堪え、笑ってみせる。

「なに言ってるんだ。おまえの心配することじゃない。それより、なんか欲しいものはないか？」

「ラーメン」

「はは、今は無理だ。元気になったら食べに行こう」

「うん、絶対だよ」晴也が布団の下から手を差し出した。

「ああ、約束だ」

浩志は息子の小さな手を握り締めた。晴也も握り返してきた。思ったよりも強い力だった。離さないで、と言っているようだった。

そのとき胸に突き上げてきたのは、昨夜、病室で感じたものよりもはるかに大きな自責と後悔だった。俺が鮎子に甘えていた間、晴也はどれだけ寂しい思いをしてきただろう。たった一人の家でどれだけ我慢してきただろう。どれだけ「父親」を必要としていただろう。なのに、晴也は一言だって寂しいとは言わなかった。俺は鮎子に甘えていただけではない。晴也にも甘えていたのだ。

その夜、浩志は鮎子に電話を掛けた。

「すまない。昨日の話、なかったことにしてくれないか？」

「え？」

「晴也が怪我をして救急車で運ばれた。あいつを一人にしてたからだ。俺のせいなんだ」

「丸子さん、ちょっと落ち着いて。それで怪我の具合は？」

鮎子の声を聞くと、またすがりたくなった。浩志は携帯を握り締め、懸命に堪えた。

「たいしたことなかった」

「そう、よかった。私にできることがあったらなんでも言って」

鮎子の声がこれほど力強く聞こえたことはなかった。だからこそ、次の返事をするにはなけなしの意地を振り絞る必要があった。

「いや、いい。ありがとう」

「丸子さん。遠慮しないで。なんでも手伝うから」

「いや、本当にいいんだ。わかったんだ。晴也には俺が必要なんだ。親としての責任を果たさなきゃいけないんだ。鮎子にはなんの非もない。本当にすまん」

携帯の向こうからわずかな沈黙があった。

「……私は邪魔だということ？」

「そうじゃない。そうじゃないんだ。でも、すまない。やっぱりダメなんだ」

鮎子と結婚すれば晴也を一人にすることもなくなる。家事だって楽になる。なにもかもうまく行くのかもしれない。でも、それで楽になるのは俺だけだ。俺は鮎子に身勝手な期待をしている。家事を分担してくれる妻と晴也の世話をしてくれる母になってくれ、と。

「……私は丸子鮎子になれないの？」

「俺が不甲斐ないせいだ」

答えにはなっていないのを承知で言った。それに対する鮎子の返事はなかった。やがて、長い沈黙の後、鮎子が口を開いた。低くかすれて甘い、でもやっぱり芯のある声だった。

「もしよかったら、また聴きに来て。あんなふうに私の歌を聴いてくれたのは、丸子さんだけだから」

「ああ、ありがとう」

電話を切って、真空管アンプの電源を入れた。

思い出せ、と浩志は思った。妻が死んだとき心に決めた。自分の手で晴也をちゃんと育てていく、と。なのに今はどうだ？　鮎子の好意と晴也の辛抱に甘え、結果、二人とも傷つけた。

真空管が暖まった。手近にあったのは鮎子のCDだったが、見ないようにしてラックに突っ込んだ。代わりに適当なCDを取り出し、セットした。やはり適当に選曲すると、細く高い音が流れ出した。暗闇にアンデスの風が吹く。サイモン＆ガーファンクル「コンドルは飛んで行く」だ。

ふっと思い出した。「ペット探偵マルコ」という社名にしたとき、妻はこんな冗談を言った。

――ペットをたずねて三千里。

暗闇で一人、浩志は笑った。そうだ、いい言い訳が見つかった。鮎子を諦める理由は晴也のことだけではない。妻との思い出は決して消えないからだ。

堀尾葉介がいい風を運んで来たと思ったのは間違いだ。吹いたのは悪い風だった。

＊

堀尾事務所から連絡があったのは半月後だった。

待ち合わせ場所は駅前のコインパーキングだった。堀尾葉介の車は真っ赤なオープンカーではなくシルバーのメルセデスＡＭＧだった。黒のキャップを目深にかぶって、真っ直ぐ「ペット探偵マルコ」のワゴンに近づいてくる。浩志を見て、にこっと笑った。

「丸子さんですか？　はじめまして。堀尾葉介です」

よろしくお願いします、と帽子を取って頭を下げる。一瞬で魅了された。理屈ではない。これは種類の違う人間だ。木下の気持ちがわかった。ふっと頭の中でプレスリーの歌声が響いた。たしかに「好きにならずにいられない」男だ。

気を取り直して、捜索の手順を簡単に説明した。

「今夜探すのは『女王陛下』です。オスの黒猫。五歳、眼は緑。首輪は黄色です」

「女王陛下？」堀尾葉介がいぶかしげな顔をした。

「すごい名でしょう？　飼い主がクイーンのファンらしくて」

――うちの子は代々「女王陛下」なんです。あの子は三代目で。

飼い主は初老の女性で、年季の入ったクイーンのファンだという。初来日のときの思い出と映画『ボヘミアン・ラプソディ』の話をした後、泣き出した。

――向こう見ずでやんちゃな子なんです。野良猫とケンカして怪我でもしてたらどうしよう、って心配で心配で。

堀尾葉介を助手席に乗せ、捜索地点を目指した。車好きらしいが、さすがに商売用のワゴンを運転したいとは言わなかった。

「堀尾さん、犬や猫には慣れてますか?」

「実は、父が転勤族だったので、僕は一度もペットを飼ったことがないんですよ」

「じゃあ、ほとんど犬や猫には触れたことがない?」

「アヒルなら散歩させたことがあるかな。声がやかましくて」堀尾葉介が窓の外に眼を遣った。「動物絡みの役ははじめてなんですが、昔、お世話になった方が映画を作ると聞いたので、出してくれ、と厚かましく」

素敵な謙遜だった。すこしも嫌みではない。またプレスリーの歌が聴こえた。

堀尾葉介が窓の外から眼を戻し、キャップをかぶり直した。

「丸子さんはずっと一人でペット探偵をやってらしたんですか?」

「妻と二人で開業したんですよ。でも、妻が亡くなったので今は一人でやってます」

「すみません。申し訳ないことを訊いてしまったようで」

「いえいえ。もう三年経つので……今は息子と二人でなんとかやってます」

「同じですね。僕も父一人子一人でした」

「そうなんですか」すこし気になって訊いてみた。「お父さんはずっと独りのまま?」

「いえ、六十を過ぎてから再婚しました。仲よくやってます。たぶん、父はやっと幸せになったんだと思う」

六十歳か。そんなには待てない。気分を変えようと無意識にカーステレオのスイッチを押し、しまったと思った。

入れたままのCDから鮎子の声が流れ出す。ニルソンの「うわさの男」だ。あの夜以来、聴くこともできず、取り出すこともできずにいた。慌てて切ろうとすると、堀尾葉介が言った。

「この曲はたしか『真夜中のカーボーイ』の主題歌？」

「ええ。映画では男性歌手が歌ってますが」

大学生の頃、当時付き合いはじめたばかりの妻と観た。狭い下宿の小さなテレビだったので、二人並んで肩を抱きながら観た。

『真夜中のカーボーイ』はイケメンでワケありのジョン・ヴォイトと、小男で足が不自由で肺を患っているダスティン・ホフマンの哀しい友情物語だ。ニューヨークで出会った二人はバスでマイアミを目指す。だが、車中でダスティン・ホフマンは死んでしまう。ジョン・ヴォイトは死んだ友人の眼を閉じてやり、そっと肩を抱く――。

映画が終わると二人とも涙で顔がぐしゃぐしゃだった。そのとき思った。この女と一生一緒にやっていきたい、と。

「あれはキツイ映画でしたね」堀尾葉介が困った顔で笑った。

「たしかに。でも、俺は昔の洋楽が好きなので音楽のほうが印象に残ってて」

「なるほど。そういう見方もあるんですね」堀尾葉介は感心したように言った。「すみません、窓を開けてもいいですか？」

「どうぞ」

堀尾葉介が窓を開けた。入ってくる風に顔を傾け、すこし眼を細めた。風で髪が乱れた。額に絶妙な分量で髪が落ちる。映画のスチールのようだ。思わず見とれた。なるほど、これが本物の「いい風」か。俺が感じたのは所詮、偽物だ。

「この女の人の声、胸に迫りますね」ふいに堀尾葉介が言った。「過去に心を残しながら、それでも前を向いて叫んでいるように聞こえます。僕は好きです」

堀尾葉介がまた眼を細めた。浩志はうまく返事ができなかった。

飼い主の家の近くにワゴンを駐めた。暗視スコープ、捕獲用の網、キャリーバッグ、それに女王陛下の好きなおやつを手に持って、捜索を開始した。このあたりは田畑と住宅が入り交じっている。隠れるところは山ほどあった。ひとつずつ丁寧に探していく。

しばらく行くと、物置と古い建築資材が転がっている空き地があった。奥は草が茂っている。なぜか、ぴんときた。

「ここ、怪しいですね」

物置と資材の陰にはいなかった。草むらに分け入ると、不自然に掘り返された部分がある。浩志は懐中電灯を向けた。光の環の中に黒っぽい毛皮のようなものが見えた。まさか女王陛下が死んでいるのか？　飼い主に最悪の報告をしなければならない。途端に気が重くなった。

「なにかありますね」

堀尾葉介が呟いた。声が沈んでいる。やはり同じことを考えているらしい。

「確かめてみないと」

気は進まないが、近寄って見てみることにした。二人揃って、懐中電灯で至近距離から黒いものを照らした。

次の瞬間、心臓が止まりそうになった。懐中電灯に浮かび上がったのは、毛皮ではなく髪だった。髪の長い女の頭が掘り返された地面からのぞいていた。

浩志は思わず叫び声を上げ、草むらを飛び出した。道路まで戻って深呼吸を繰り返して、ようやく人心地がついた。とにかく警察に通報しなくてはならない。

そこで気付いた。堀尾葉介はまだ草むらの中にいる。懐中電灯を握り締めたまま、立ち尽くしていた。その姿に思わず、ぞくりとした。

「堀尾さん、どうしたんですか?」

もう一度、草むらに分け入った。堀尾葉介は放心状態だ。浩志は恐る恐るもう一度死体にライトを向けた。そして、はっとした。

「これ、マネキンですよ。誰かのイタズラだ」

「……マネキン?　イタズラ?」堀尾葉介が呆然と言った。

「くそ、本当に人騒がせなことしやがって」安心すると、腹が立ってきた。浩志は大声で文句を言った。「わざわざ頭だけ出して埋めてやがる。くそ、こんなの誰だって死体だと思いますよ」

「あ、ああ。たしかに。びっくりした」

堀尾葉介がキャップを脱いで髪をかき上げる。かぶり直すと、ほっとしたように笑った。

そのとき、ふーっと猫の唸《うな》り声がした。二匹いる。ケンカだ。ライトを向けると、草むらの一番奥から猫が飛び出してきた。咄嗟《とっさ》に捕まえようとしたが、すり抜けられた。だが、後ろにいた堀尾葉介が網をかぶせた。ふぎゃんっ、と凄まじい声が上がる。

「入ったっ」

堀尾葉介の声がすこし興奮していた。ライトで確認する。網の中にいるのは黒猫だ。黄色の首輪をしている。

「女王陛下」

二人で声を合わせて言い、思わず顔を見合わせ笑った。

すごいな、と浩志は感心した。こんなに簡単に見つかった。堀尾葉介様々だ。運を持っている人間というのはこういうものか。

女王陛下をキャリーバッグに入れた。ずっと唸っている。ケンカ相手はどうなった、と草むらを探すと仔猫がいた。白黒のハチワレでガリガリに痩せ細っている。逃げようとするが、すぐにうずくまってしまった。浩志が仔猫を抱き上げようとしたが、嫌がって堀尾葉介の足許にしがみついた。猫にまでモテるのか。すこし悔しかった。

「体温が下がるとヤバイので、タオルにくるんで抱いててください」

堀尾葉介が仔猫を抱き、浩志は女王陛下の飼い主に連絡を取った。もう遅い時間だったがすぐに確認したいとのこと、今から連れて行くことにした。

「すみませんが、僕はこっそり見ていていいですか?」

「ええ。もちろん」

飼い主はもう家の前で待っていた。キャリーバッグを下ろし、門灯の灯りで中を見せる。女王陛下は飼い主がのぞき込んだだけで興奮して激しく鳴いた。

「女王陛下、女王陛下です」飼い主はボロボロ泣いた。「かわいそうに。ああ、よかった、もう心配させて……」

ありがとうございます、ありがとうございます。と何度も頭を下げる。浩志も嬉しくなった。

飼い主の家を辞し、車に戻った。

「あの人にとって女王陛下は家族なんですよ。夫であり子供でもある。その上、家族でありながら、ときどきは恋人で、同志で、親友でもある。ペットってある意味、究極の人間関係なんです」

「究極ですか。すごいですね」

堀尾葉介が腕の中の仔猫に眼を遣った。仔猫はすっかり眠っていた。

「安心し切ってますね。堀尾さんがいい人だってわかってるんだ」

「いいえ」

堀尾葉介が即答した。なんの迷いもない否定だったので、浩志は驚いた。

「僕はいい人じゃないですよ。さっき死体を見つけたと勘違いしたとき、卑怯《ひきょう》なことを考えてました。あの場にいなかったことにしてもらえないか、と」

「え？」

思わず顔を見た。すると、堀尾葉介は淡々と答えた。

「堀尾葉介が第一発見者とわかったら騒ぎになります。週刊誌やワイドショーで取り上げられて、丸子さんにもかなりの迷惑が掛かります」

堀尾葉介の顔は驚くほど静かだった。言い訳がましくもなく、後ろめたさをごまかす様子もない。ただ、事実のみを述べているといったふうに言葉を続けた。

「テレビや雑誌の取材が押し寄せて、仕事にも影響が出ます。まっとうな依頼も増えるでしょうが、イタズラ、嫌がらせのメールや電話が殺到します。丸子さんがどんな反応をしても、たとえ一切反応しなくても、絡んでくる人がいます。そして、堀尾葉介の修業したペット探偵に依頼するため、わざわざペットを買ってきて、その日のうちに捨てる飼い主が現れます。何人も」

「……冗談でしょう？」

「いいえ」堀尾葉介は言い終わると、諦めたように笑った。

気付いた。堀尾葉介が自分の名を言うとき、まるで他人を呼ぶようにしか聞こえなかった。

「僕」と「堀尾葉介」は別なのだ。

「だったら、別に逃げたって卑怯じゃない。周りのことを思ってじゃないですか？」

堀尾葉介は黙って微笑んだ。そして、腕の中の仔猫を見た。

「この仔猫はどうするんですか？」

「とりあえず連れて帰ります。家に犬猫用品一式を揃えてるので、仔猫用のミルクを飲ませようかと」

「その様子を取材させてもらってもいいですか？」

「ええ、かまいませんよ。でも、小さいマンションだし、片付いてなくて」

「はは、うちも同じでしたよ」

堀尾葉介を乗せて、家に戻ることにした。しばらく車を走らせると、堀尾葉介が言った。

「すみません、窓を開けてもいいですか？」

「すこしだけにしてください。猫はあっという間に逃げるから」

堀尾葉介はほんのわずか窓を開けた。眼を細め、そっと深呼吸したのがわかった。

家に戻ると、ドアを開けた途端にカレーの匂いがした。晴也はソファで寝ていた。ぐっすり眠っていて眼を覚まさない。浩志はそのままベッドに運んだ。

明るいところで、もう一度仔猫の身体を確かめた。ひどく汚れているが、怪我はないようだった。仔猫用のミルクをやると、皿に頭を突っ込むようにして必死で飲んだ。顔中、ミルクまみれだ。

「風呂に入れたほうがいいですか？」堀尾葉介が小声で訊く。

「いや、今は体力が落ちてるからやめたほうがいい。明日、獣医に連れて行っていろいろ検査してから」

　そこで大きな音を立てて腹が鳴った。カレーの匂いのせいだ。つられて、堀尾葉介の腹も鳴った。二人で顔を見合わせ、笑った。

　二人でカレーを食べた。甘口のカレーを食べると子供の頃を思い出す、と堀尾葉介は眼を細めた。車の窓を開けたときの顔と同じだ。

「もしかしたら、堀尾さん、他人の運転だと酔ってしまうタイプですか？　だから、自分で運転したがる？」

「え？」

「さっき、窓を開けたでしょう？　酔ったからじゃないですか？」

「ええ、まあ。自分でハンドルを握ってたら平気なんですが」堀尾葉介が水を一口飲んだ。

「たぶん体質でしょう。丸子さんの運転のせいじゃない。気を悪くされたら申し訳ない」

「いやいや。でも、よかった。安全運転を心がけてるんです。父一人子一人だから、もし自分になにかあったら息子がかわいそうで」

「……そうですね。車でなにかあったら大変だ」

　堀尾葉介はもう一口水を飲んだ。コップを握り締めたまま黙っている。そして、ふっと思い出したように言った。

「車と言えば『真夜中のカーボーイ』に似たシチュエーションが、００７シリーズにありますね。『女王陛下の００７』のラストでボンドが結婚するところ」

「え？　それは観てません。007ならカーチェイスですか？」

急に007映画の話になって浩志はすこし戸惑った。

「結婚式を挙げて、車でハネムーンに出かける。幸せの絶頂です。でも、そこでいきなり敵の組織に狙撃され、助手席に座っていた妻は死んでしまう。そして、ボンドが死んだ妻を抱きしめるんですよ。そんなラストです。猫の名前が『女王陛下』って聞いたとき、その映画を思い出したんです」

「ああ、なるほど、そこからの連想ですか。あの頃のボンド映画の主題歌なら『ロシアより愛をこめて』とか『ゴールドフィンガー』とか好きだったな。いかにもゴージャスでロマンチックだ」

「ええ、たしかに」堀尾葉介は一瞬眼を伏せ、それから生真面目に笑った。「申し訳ないが水をもう一杯いただけますか？」

甘口の子供カレーでこんなに水を欲しがるとは、と浩志はおかしくなった。完璧な男に見えて、意外と子供じみたところもある。すこし親近感が湧いた。

「ごちそうさまでした。今夜はありがとうございました」

堀尾葉介が帰ろうとすると、突然、仔猫が鳴き出した。堀尾葉介は困った顔をした。

「堀尾さん、その猫、飼ってみませんか？」

浩志は仔猫を抱き上げ、差し出した。堀尾葉介は戸惑いながらも猫を受け取った。

「僕は無理ですよ、猫なんか飼ったこともないし、家を空けることも多いので」

「一晩二晩なら、猫は放っておいても大丈夫。長期でもペットホテルがあるから大丈夫ですよ」

「でも、僕はたぶんこの猫になにもしてやれないと思う」

「大丈夫、そいつがしてくれますよ。そいつはわかってるんですよ、堀尾さんが自分を必要としてる、って」

「僕がこの猫を？」堀尾葉介が驚いた顔で浩志を見た。

「死んだ妻が言ってました。――動物には自分を必要としている人間がわかる、って。それに今度の映画のタイトルは『幸せの猫探しつかまつる』ですよね。ちょうどいいじゃないですか。ヒット祈願の験担《げんかつ》ぎですよ。その猫を飼うべきです」

堀尾葉介は黙って腕の中の猫を見下ろした。迷っているようだった。

そのとき、眼を覚ました晴也が起きてきた。堀尾葉介を見て、驚いて立ち尽くす。

「こんばんは。おじゃましてます」堀尾葉介が笑った。

「……こんばんは」晴也がびっくりした顔のまま、おうむ返しで返事をした。「テレビに出てる人？」

「そうだよ。堀尾葉介さんだ」

「すげーすげーすげー」

晴也が大声を上げると、驚いた仔猫が堀尾葉介の腕で暴れた。

「あ、仔猫。かわいい。お父さん、これ、今日、見つけた子？」

「いや。野良猫だ。弱ってたから保護しただけ……」

「じゃあ、うちで飼おうよ。僕が世話するから」

晴也は眼を輝かせ、浩志を見上げた。すっかり興奮している。浩志は逡巡《しゅんじゅん》した。息子の頼みはきいてやりたい。でも、この仔猫は堀尾葉介が飼うべきだという気がする。

「ねえ、お父さん、お願い」晴也が懸命に言った。

すると、堀尾葉介が猫をそっと晴也に渡した。

「いえ、これだけしてもらったらもう充分です。この猫はもっといい人に飼われるべきだ」

堀尾葉介が微笑んだ。胸が締め付けられるような笑顔だった。誰もが手を差し伸べたくなる。好きにならずにいられない、だ。

これがスターか。浩志は呆然と堀尾葉介を見ていた。あなたはいい人だ、と言わなければ、と思ったがうまく言葉が出なかった。

メルセデスＡＭＧを駐めた駐車場まで堀尾葉介を送っていった。

「ありがとうございました。本当に嬉しかった」

テールランプが見えなくなるまで、浩志は見送った。木下の言った通り安全運転だった。

＊

しばらくして、木下から連絡があった。結局、映画の企画は流れたとのお詫びだった。堀尾葉介からは直筆の礼状が来た。ハチワレ仔猫は元気ですか、とあったので、写真を何枚か事務所宛に送った。

仔猫が来て以来、晴也は明るくなった。以前のような「健気で寂しい子供」ではなく、「ふざけたり我が儘を言ったりする普通の子供」に近づいてきた。たまに親子ゲンカをするが、生き生きとした息子を見ているとほっとして嬉しくなった。

すこしすると、堀尾葉介から巨大なキャットタワーが届いた。リビングの一番日当たりのいい場所に設置すると、「葉介」は早速登って遊びはじめた。その動画を撮って、また送った。

きっと、堀尾葉介は送られてきた動画を見て、一人、微笑むだろう。誰もが好きにならずにはいられない、胸が詰まるような哀しげで完璧に美しい笑顔だ。

「おい、葉介。おまえ、あの『堀尾葉介』に必要とされてたんだぞ。すごいな」

遊び疲れてタワーのてっぺんでくつろぐ仔猫に声を掛ける。仔猫は片耳を動かしただけだった。

浩志はじっと、幸せな仔猫を見ていた。すっかり満足しているようだった。必要とされる喜び、だ。

その夜、浩志は晴也を誘って家を出た。

広場ではもう鮎子のライブがはじまっていた。「ジャニー・ギター」だ。年配の男女も何人か足を止めて聴き入っている。すこし離れたところで足を止めた。懐かしい声だった。

歌が終わると、晴也を連れて鮎子に近づいた。鮎子はほんの一瞬驚いた顔をし、それからなにもなかったかのように微笑んだ。

浩志は素知《そし》らぬ顔で言った。

「リクエストいいですか？　ニルソンの『ウィザウト・ユー』を」

鮎子が一瞬、挑むような眼で見た。それからにっこり笑うと静かに歌いはじめた。馴染みの曲だから、晴也はじっと聴いていた。

浩志は全身で鮎子の歌を聴いた。君なしでは生きていけない、と鮎子が歌っていた。歌い終わると、鮎子は乱れた髪のまま満足そうに一礼した。浩志は拍手をしながら、ギターケースに千円を入れた。晴也も大きな音で手を叩いていた。

「よかったら、また聴きに来てね」

さらりと晴也に言う。晴也は恥ずかしそうにうなずいた。鮎子が微笑みながら、無造作に髪をかき上げた。瞬間、いい風が吹いたような気がした。

「また来ます」

浩志は鮎子をじっと見て言った。そうだ、また、いい風が吹いている。

「必ず来てください」

鮎子が言い切った。低くてかすれている。そして、やっぱり力強い声だった。

「ええ。必ず」浩志も力強く言った。

晴也を連れて駅前広場を離れた。ぶらぶらと歩く。

「ラーメンでも食べようか。お父さんはたっぷり背脂ニンニクネギチャーシュー」

「やった」晴也が歓声を上げた。「僕は塩バター。トッピングは煮卵とコーン」

星空の下、二人で静かな街を歩く。ふいに晴也が言った。足は止めない。

「お父さん、あの女の人、ちょっとかっこよかったね」

「だろ？」

やはり足を止めずに答える。賢い子だ。なにか気付いたのかもしれない。そのまま歩き続けると、晴也が鋭い声で言った。

「お父さん、赤」

見ると、横断歩道の信号は赤だった。慌てて立ち止まる。

どうしたんだ？　急に息が切れた。眼の前がぼやけて信号の赤がにじむ。真空管の光と重なった。

すまない、と浩志は妻に呼びかけた。君を忘れたわけじゃない。だから、ゆっくり行くよ。晴也に無理はさせない。心配しないでくれ。

誰かに必要とされているから生きていける。でも、誰かに必要とされている人間だって、やっぱり誰かを必要としているんだ。

信号が青になる。息子と二人揃って歩き出した。

第六章
炭焼き男とシャワーカーテンリング

堀尾葉介が「炭焼き、砂糖クリームなし」のボタンを押した。かこん、と音がして紙コップが落ちてくると「コーヒー・ルンバ」のメロディが流れ出した。抽出タイプの自動販売機だから、すこし時間が掛かる。堀尾葉介は身じろぎ一つせず、抽出状況を映すモニターを眺めていた。

俺はすこし離れたところで、堀尾葉介を見ていた。実に優雅な立ち姿だった。背も首もすらりと伸びているのに、リラックスして見える。どんなときでも人の目を意識した生活を続けた結果だろう。

ヘルメットを抱え直し、背筋を伸ばしてみた。背中のリュックが揺れる。ちいん、とかすかな音がしたような気がした。

休日の午後とあって、奥琵琶湖《おくびわこ》にあるサービスエリアは混雑している。堀尾葉介はキャップを目深にかぶり、サングラスを掛けていた。周りの者はまだ誰も気付いていない。もし、誰かが気付いたらサービスエリアは大騒ぎになるだろう。

一週間ほど前、四国で炭焼き交流会があった。各地から数少ない生き残りの炭焼きが集まって、情報交換をする。俺も和歌山から参加して、これからの炭焼きについて様々な話を聞いてきた。その際、福井県、永平寺《えいへいじ》近くから参加した人がこんな愚痴をこぼした。

――隣の山で映画の撮影がはじまって村が慌ただしゅうて。堀尾葉介とかいうのが来てるから若い子が大騒ぎや。長期ロケらしいからしばらく落ち着かん。

堀尾葉介の名前を聞いた途端、心臓が跳ね上がった。

福井に行けば堀尾葉介に会えるかもしれない。そして、あの人の願いを叶えてあげられるかもしれない。そうだ、これはチャンスだ。この機会を逃したら堀尾葉介に会う機会など二度と巡ってこない。

「コーヒー・ルンバ」が終わった。堀尾葉介が身をかがめコーヒーを取り出す。その動作だけでハリウッド映画を観ているような気になった。この男はやっぱりすごい。だが、そのすごさにすこし変化があるような気がした。

五年前、試写会で登壇した堀尾葉介は、居並ぶ他の俳優たちを圧倒する輝くようなオーラを放っていた。でも、今は違う。あのときの堀尾葉介が火入れ中のごうごう燃えて数千度にもなる窯だったとしたら、今、俺の前にいる堀尾葉介は火を落とした後の窯だ。数日経っても冷めない、じわりと柔らかな熱が深く静かに蓄えられている。

堀尾葉介はコーヒーを手に外へ出て行った。俺もすこし遅れてついて行った。

晩秋のひやりと冷たい風が吹きつける。飛ばされてきた落葉が敷石の上でかさかさ鳴った。堀尾葉介は敷地の外れに向かって歩いて行く。小道に沿ってブナやらカシやらの木立を進むと、先にドッグランが見えた。堀尾葉介は足を止めた。半分葉の落ちたブナの大木の下のベンチに腰を下ろす。サングラスを外し、くつろいだ様子でコーヒーを一口飲んだ。

ドッグランには全部で五頭の犬が遊んでいる。堀尾葉介は犬が駆け回る様子をコーヒーを飲みながら眺めていた。

堀尾葉介は今、三十半ばくらいだろうか。十代の頃は恵まれたルックスで、アイドルグループの一員として抜群の人気を誇った。脱退して俳優に転身し、演技の勉強をして地道にキャリアを築いた。今は人気実力共に日本を代表する俳優の一人だ。

なんと声を掛ければいいだろう。だが、どんなふうに声を掛けても怪しまれるに決まっている。下手をしたら警察を呼ばれるかもしれない。今になって、俺はすこしためらった。最近、芸能人へのストーカー行為などすぐにネットで炎上する。一旦名前が晒されたら二度と消えない。世間は絶対的に堀尾葉介の味方だ。堀尾葉介の好感度はずば抜けているからだ。

もし、警察沙汰になったら蕗子《ふきこ》と冬馬《とうま》はどんなにショックを受けるだろう。俺を新しい家族と認めて受け入れる決心をしたところだ。「新しい夫」「新しいお父さん」が信頼を裏切るようなことをして平気なわけがない。あの二人を傷つけるようなことは絶対にしてはいけない。

――堀尾葉介に会いに行ってくる。でも、絶対に帰ってくる。約束する。

――待ってる。

もともと無口な蕗子はそれだけ言って、仕事に戻った。窯の熱で頬は真っ赤だ。頭に巻いたバンダナが唯一のお洒落だが、汗で色が変わっていた。

俺は和歌山県中部、日高川《ひだかがわ》の近くにある窯を出発しバイクで福井に向かった。そして、教えてもらったロケ場所で堀尾葉介と話す機会を探した。三日ほど待ち、今日ようやくロケを終えた堀尾葉介が一人で車に乗るのを見て、後をつけてきたというわけだ。

堀尾葉介は紙コップのコーヒーを手に、黙って犬を見ている。俺は覚悟を決めて近づいた。

「……すみません」

堀尾葉介がゆっくりと顔を上げた。

「お休みのところ、突然、声を掛けてすみません。話を聞いてほしいことがあるんです」

さっと堀尾葉介の口許に緊張が走った。警戒しているのがわかる。

「俺は芸能リポーターとか週刊誌の記者じゃありません。写真も撮らないし、ネットに書いたりしません。ただ、俺の話を聞いてほしいんです」

しばらく黙って俺の顔を見ていたが、堀尾葉介は静かに訊ねた。

「その話を聞くのは僕でなければいけないんですか？」

「そうです」俺は大きくうなずいた。「堀尾さんに聞いてもらうための話なんです」

またしばらく堀尾葉介は黙った。それからやっぱり静かに言った。

「どんな話ですか？」

「俺は岩田近夫《いわたちかお》、三十八歳です。炭焼きをやっています」

「炭焼き？」

「ええ。和歌山の山奥の製炭所で働いています。家族でやってた小さな窯なんですが、そこに俺が押しかけて弟子入りしたんです。でも、その前はバイク便のドライバーをやってました。

俺が聞いてもらいたいのは、そのときのことです」

ドッグランで犬がけたたましく吠《ほ》えた。ストップ、と飼い主が叫ぶ。すぐまた静かになった。

堀尾葉介が腰を浮かして、ベンチの端に寄った。俺を見て微笑む。息を呑むほど綺麗な笑顔だった。

「とにかく座りませんか？」

「ありがとうございます」

俺は腰を下ろした。自分もコーヒーを買ってくればよかったと思った。

＊

バイク便の仕事をはじめたのは二十八歳のときだった。ダイヤ工業はお得意様の一つで、東京の下町、荒川《あらかわ》区の隅田川《すみだがわ》沿いにある。週に一度は必ず依頼があって、小さいが重い荷物を運ばされた。

ダイヤ工業の事務所には十人ほどの人が働いていた。そこの所長は矢嶋《やじま》さんといって、愛想のいい親切な人だった。ただの配達員の俺にも気さくに声を掛けてくれた。

「岩田君、いつもごくろうさま」

八月、三十五度をとっくに超えた猛暑の日に配達に行くと、冷たいスポーツドリンクをくれた。俺は礼を言って飲んだ。生き返るような気がした。

「岩田君は年がら年中、長袖だね。暑くない？」

「暑いですよ。でも、半袖で事故ったら悲惨なことになりますから」

バイク便の仕事は苛酷だ。夏は焼けたアスファルトの熱とトラックの排気を浴び、灼熱《しゃくねつ》地獄だ。ヘルメットとエアーバッグジャケットの下は汗びっしょりになる。反対に、冬は極寒地獄だ。どれだけ下に着込んでも冷たい風が入ってきて、手も足も痺れて感覚がなくなってしまう。

だが、そんなバイク便の仕事は、一年中長袖を着る理由になる。俺にはありがたい。

矢嶋さんは歳は五十半ばくらいか。小太りで丸顔、髪はかなり薄い。特徴的なのは大きな耳たぶで、まさに「福耳」の持ち主だった。矢嶋さんが笑うと大きな耳たぶがゆらゆら揺れる。見ているだけで福がやってくるようだった。

ダイヤ工業は大手機械メーカーの下請けで、極小金型を作っている。俺はメーカーとダイヤ工業を行ったり来たりして、金型の試作品を運んだ。矢嶋さんはほとんど毎日残業しているので、遅い時間に行っても必ず席にいる。なんだかんだと俺に話しかけながら、受け取りのハンコを直々に押してくれた。

机の上には家族写真が飾ってあって、まだ若い矢嶋さんと奥さん、それに矢嶋さん似の女の子が笑っている。写真を見る限り、矢嶋さんは若い頃から小太りで髪が薄かったようだ。

「娘さん、矢嶋さんにそっくりですね。仲がよさそうで羨ましいな」

「え、そう?」矢嶋さんはちょっと戸惑ったような、困ったような顔をし、それからすこし恥ずかしそうに言った。「岩田君もさ、堀尾葉介に似てるって言われない?」

「ああ、たまにはなら」

本当はたまにではない。堀尾葉介風の顔のおかげで大学時代は結構もてた。だが、長続きした彼女はいなかった。

「似てるよ。うちの娘が堀尾葉介のファンなんだ。岩田君見たらキャーキャー言いそうだ」

矢嶋さんの隣の花岡《はなおか》さんという人がちらっとこちらを見た。私語が気になるらしい。花岡さんは矢嶋さんより一回り若くて痩せている。いかにも神経質そうな外見だった。

その夜、一人暮らしのアパートに戻ってシャワーを浴びた。両腕のほとんどを覆うタトゥーを見る。俺の腕に入っているのはトライバルといわれている伝統的な紋様だ。和彫《わぼ》りの刺青《いれずみ》のように「牡丹《ぼたん》」やら「龍」やらといった絵画的なものではない。黒一色の抽象的な柄で、どちらかというと「まじない」だ。

俺がタトゥーを入れたのは若気《わかげ》の至りではない。二十七歳、大学を出て就職した会社を辞めたときだ。後悔はしていない。

毎週のようにダイヤ工業に通う間に、矢嶋さんともずいぶん親しくなった。飲み物をもらって、時間が許せば世間話をする。普段、話し相手がいないから、矢嶋さんとの会話が唯一の人間らしい時間の過ごし方に思えた。

十月の中頃、冷たい雨の降る夜だった。隅田川を渡って、俺はダイヤ工業に配達に向かった。

「こんな遅くに悪いね」

矢嶋さんが熱い缶コーヒーを渡してくれる。月末で忙しいのか、花岡さん含め数名が残業していた。

「いいえ。俺は一人だから遅くなっても平気です。家庭がある人は大変でしょう」

「そのぶん休みの日には家族サービスしてるよ」矢嶋さんが耳たぶを揺らして苦笑する。

ちら、と花岡さんが俺たちを見た。仕事の邪魔だろうか。なら、さっさと帰ったほうがいいか、と思ったが矢嶋さんは俺の顔をまじまじと見て言った。

「やっぱり堀尾葉介に似てると思うけどな」

「いやいや」

「堀尾葉介は男から見てもカッコいいんだよな。うちの娘は堀尾葉介に会いたいから自分も芸能界に入る、って言っててさ。親の欲目かもしれないけど、音楽の才能があると思うんだ。楽器が上手なんだよ」

「そうなんですか」

「昔、家族旅行で関西に行ったんだ。そのとき、山の中にある道の駅でさ、娘にせがまれて炭琴を買ったことがあるな」

「タンキン?」

「炭でできた木琴だよ。岩田君、炭ってわかる?」

「バーベキューとか焼肉屋で使うヤツですね」

「あれも炭だけど、もっと高級な白炭《しろずみ》ってのがあるんだ。紀州備長炭《きしゅうびんちょうたん》って聞いたことない？」

「ああ、焼鳥屋の貼り紙で」

「そう、それ。高級な炭は断面が白っぽくて堅いんだ。叩くとチーン、って澄んだ高い音がする。その白炭を長い物から短い物まで並べて木琴みたいにするんだ。娘はその炭琴を結構上手に演奏するんだよ」

「へえ、すごいですね」

と言ったものの、あまりぴんとこなかった。俺の想像する炭は焼肉屋の網の下で燃えている黒い塊でしかない。だが、矢嶋さんは娘が演奏する炭琴の素晴らしさを話し続けている。興奮して身を乗り出すので耳たぶが揺れていた。

「矢嶋さんは立派な耳たぶしてますね。絵に描いたような福耳だ」

「え、そうかな」

「俺、実は勝手に矢嶋さんを験担ぎのおまじないにしているんですよ。矢嶋さんの耳が揺れてるのを見たら、その日一日は事故らないような気がするんです」

「そんな御利益、僕の耳にはないな」

急に矢嶋さんはふっと遠い眼をした。また花岡さんがこちらを見た。絶対に仕事の邪魔だと思われている。帰らなければ、とヘルメットを抱えたとき、矢嶋さんが俺に言った。

「岩田君、『大災難P．T．A．』って映画、知ってる？」

「いいえ。学校でなんか起きるんですか？　ＰＴＡパニックとか」

「違う違う。P．T．A．のPはプレーンで飛行機。Tはトレインで列車。Aはオートモービルで車。つまり、飛行機、列車、車のすべてで災難に遭うってロードムービーだよ。主演はスティーブ・マーティンとジョン・キャンディ。コメディなんだ。すごく面白いよ」

「はあ」

どちらも聞いたことのない俳優だ。きっとB級コメディなのだろう。

「ジョン・キャンディってのはすごく太った俳優で、シャワーカーテンリングのセールスマンっていう役なんだ」

「シャワーカーテンリング？」

「ほら、ホテルとかの風呂はシャワーカーテンがついてるだろ？　そのカーテンを吊《つ》るす輪っかだよ」

「ああ、わかります。でも、あれのセールスマンって……そんなの仕事として成り立つんですか？」

「アメリカは広いからな。とにかく、そのリングだ。トラブル続きのメチャクチャな旅で、二人は一文無しになってしまう。そこで、ジョン・キャンディが見本に持ち歩いてるリングを売って金を作るんだ。これは都会で流行ってる超お洒落なイヤリングなんだ、って田舎の素朴な女の子に売りつけるんだ」

「悪いことしますね」

「悪いよな。でも、まあそのときにジョン・キャンディが自分の耳にシャワーカーテンリングをぶら下げてみせる。得意そうにね。僕の家族はそのシーンが大好きでさ、妻も娘も大笑いしたんだ」

「あ、わかりました。矢嶋さんもやったんでしょ?」

「そう。わざわざホームセンターに出かけてリングを買ってきて、娘の前でぶら下げて見せた。大喜びしてくれたよ」

「よかったですね。矢嶋さん、いいお父さんじゃないですか」ふっと胸が詰まった。「いい家族だ……」

「そうかな」矢嶋さんが恥ずかしそうに笑った。

俺にも家族を作るチャンスがあった。もし、あのままいろいろなことが上手く行っていたら、彼女と結婚していたかもしれない。今頃はマンションのローンを払いながら、子供を保育園まで迎えに行っていたかもしれない。でも、もう無理だ。俺の腕にはタトゥーがある。

「じゃあ、俺はこれで」

事務所を出た。雨のせいか、まだ十月だというのに真冬みたいな風が吹きつけた。缶コーヒーで暖まったはずの身体が一瞬で冷える。俺はバイクの上で身をすくめヘルメットをかぶった。

ダイヤ工業がなくなると聞いたのは、十一月に入った頃だった。

親メーカーに吸収されたのだ。来年の三月いっぱいで工場を閉鎖し、海外へ移転するという。矢嶋さんは定年を待たず、年内で退職することに決めたそうだ。

「この歳で海外に行くのもな」

ダイヤ工業がなくなれば矢嶋さんとも会えなくなる。寂しいが仕方ない。せめて、今まで世話になった礼をしたかった。

そんなとき、ネットで「堀尾葉介主演映画試写会にペアでご招待」という記事を見つけた。当日は舞台挨拶もあるという。これを矢嶋さんへの退職祝いにプレゼントできたら、と思った。矢嶋さんは娘さんと二人で観に行けばいい。きっと喜んでもらえるだろう。

当たれ当たれ、と念じながら応募すると、祈りが通じたのか当たった。俺は喜び勇んで、仕事帰りに「ダイヤ工業」に寄ってみた。もう遅い時間だったが、事務所に灯りはついていた。矢嶋さんは一人で残業していた。

「あれ、どうしたんだい。岩田君。今日は荷物ないよ」

「今日は仕事じゃなくて私用なんです。今までお世話になった御礼を、と思って」背中のリュックからペア招待券を取り出す。「これ、もしよかったら娘さんと一緒にどうかな、と思って」

瞬間、矢嶋さんが困った顔になった。

「あ、すみません。ご迷惑だったら捨ててくださったら」

「いや、迷惑だなんて……気持ちはすごく嬉しいよ。ただ、娘は受験生でね。今はちょっと……」矢嶋さんが申し訳なさそうに広い額を撫でた。

「受験ですか。そりゃ無理ですね」

「気持ちはすごくありがたいけど、岩田君が行けばいいよ」

「残念ながら行く相手がなくて」

軽く言ったつもりなのに妙にしんみりした口調になって、俺はすこし焦った。すると、しばらく矢嶋さんは考えていたが、ちょっと恥ずかしそうに笑った。

「じゃあさ、よかったら僕とどう?」

え、と内心驚いたが、これはいい機会だと思った。試写会の後で、送別会代わりに軽く一杯奢ればいい。

次の土曜日、俺は矢嶋さんと待ち合わせて試写会に出かけた。映画館は若い女性しかおらず、二人ともどうにも居心地が悪かった。

堀尾葉介が登壇すると、凄まじい拍手と歓声が起こった。舞台の上の堀尾葉介は、びっくりするほど顔が小さくて手足が長かった。立っているだけで存在感が極立っている。どこが似てるんだ、と俺は思った。比べものにならない。

堀尾葉介は酒好きのパーカッショニストという役だった。飲みすぎて演奏会に遅刻して、クビになってしまう。妻とも離婚し行き場を失った堀尾葉介は、ひょんなことから荒れた高校のブラスバンド部を指導することになる。酒で失敗したり、不良たちと殴り合いのケンカをしたり、と熱い展開だ。コンクールに出場するも予選落ちが続く。だが、指導をはじめて五年後、とうとう本選出場を勝ち取る、というストーリーだ。

途中、堀尾葉介がいろいろな楽器を叩くシーンがある。トライアングルから鉄琴、木琴、シンバル、銅鑼《どら》などなどだ。木琴のバチ（マレットというらしい）を片手に三本ずつ持って叩くのは見事だった。相当練習したのだろう。

一番印象に残ったのはティンパニを叩く姿だった。腹に響く鋭い音だ。堀尾葉介の顔がアップになる。汗が飛んで光った。文句なしに格好良かった。

試写会の後、矢嶋さんと晩御飯を食べることになった。

「岩田君、焼肉どう？」

「いいですね。一人だとなかなか食べる機会がなくて」

男同士だし、今日はバイクじゃない。気にせず飲んで食える。早速二人ですこし上等な焼肉屋に入った。

メニューを見ながら矢嶋さんが笑った。

「歳を取るとロースとかカルビが脂っこくてさ。ハラミとか赤身のモモがいいんだ」

「俺だってそうですよ」

生ビールで乾杯し、キムチ、チヂミ、サンチュとテーブルの上に並べて、赤身肉を中心に焼いていった。熟成肉は柔らかく、旨味《うまみ》はあるがあっさりして、いくらでも食べられた。

矢嶋さんは何杯もビールのお代わりをしながら、家族の話をした。奥さんとのなれそめ、それに、娘が生まれたときのことだ。

「金型に重大な欠陥が見つかってさ、メーカーさんからメチャメチャ叱られて。そんなときに妻が産気づいてさ。病院に駆けつけたけどもう出てきた後で。あれは悔しかったな」

矢嶋さんはビールのせいで耳たぶまで真っ赤だ。ゆらゆら揺れている。

誰かと飯を食うのは久しぶりだ。誰かと飯を食うのはこんなにも楽しいことだったのか？ 矢嶋さんの家族の話を聞いていると、俺まで幸せになるような気がする。俺もどんどんビールを飲んだ。

「矢嶋さんの家は本当に仲がいいんですね。羨ましい」

「岩田君の親御さんはどうしてるの？」

「うちはずっと両親が不仲で、俺が小学校六年のときに離婚したんです。で、どっちも新しいパートナーがいたので俺の引き取りを拒否して」

「……ああ、それは」

「全寮制の中高一貫の学校に行きました。そのまま大学も一人暮らしです。一度も帰ってない。おかげで勉強だけはできましたが」

「そうか。悪いこと聞いたな」

「いえ。済んだことです」

矢嶋さんは塩タンにネギをたっぷりのせて口に運んだ。そのまま黙っている。俺はネギが苦手なのでレモンだけで食べた。

しばらく黙って食べていると、いきなり矢嶋さんが言った。

「じゃあさ、親は当てにせず自分の家族を作るんだよ。彼女は？ 今、いないの？」

「振られました。それに、もう無理なんですよ」

「なんで？」矢嶋さんが間髪《かんはつ》を容《い》れずに訊ねた。

「矢嶋さん、酔ってますね」

「酔ってるよ。久しぶりに若い子と飲んだから嬉しくてさ」

「あんまり飲むと奥さんに怒られますよ」

「大丈夫、大丈夫。で、なんで振られたの？　なんでもう無理なの？」

矢嶋さんは生ビールのお代わりを頼むと、どんどん追及してくる。笑ってごまかしたかったが、酔った矢嶋さんは許してくれそうにない。隠すほどのことでもない。思い切って言うことにした。

「あるとき、彼女と焼肉デートをしたんです」

「うんうん。焼肉ＯＫの彼女はあっちもＯＫだ」

矢嶋さんがにこにこ言うと下ネタまで福々しく聞こえた。

「で、焼肉を食べ終わって店の外に出ました。俺は自分の車で来てたんです。もちろん飲んでませんよ。で、彼女が車に乗り込もうとしたので、俺はこう言ったんです」

――あ、だめだめ。ちょっと待って。スプレーしないと。

「俺はちょっと潔癖なところがあって、普段から除菌ティッシュを持ち歩いてるタイプだったんです。で、車に置いてある除菌消臭スプレーを彼女の全身に吹きかけたんです。別に彼女が汚いと思ったわけじゃありません。ただ、車に焼肉の臭いがつくのが耐えられなかっただけなんです。彼女の後で自分にもするつもりでした」

――ほら、回れ右して。後ろもしないと。

「すると、彼女は回れ右してそのまま帰ってしまいました。それきりです。電話もメールも返してもらえず、振られました」

「あちゃー、そりゃ岩田君が悪い。そんなの、君は汚いって言ってるのと同じだよ」矢嶋さんが呆れた顔をする。

「ですよね。今ならわかります。でも、そのときは自分のことしか考えてなかったんです」

「潔癖症か。辛いな。でも今日も焼肉だよ？」

「今はもう大丈夫なんです。あまり綺麗とか汚いとか気にならなくなって」

「それはよかった。治ったきっかけとかあるの？」

俺はすこし迷った。見ただけで不快になる人が大勢いる。たとえ、俺自身が恥じていなくても配慮は必要だ。常識人の矢嶋さんだからこそ、俺を軽蔑し嫌悪する可能性は高い。

でも、タトゥーなしの俺は本当の俺じゃない。偽者だ。かといって、見せることはただの自己満足で、露悪だ。だが、嘘をつき続ける人生にはうんざりなんだ。

俺は酔っている。酔っていることを言い訳にしようとしている。そう思いながら、上着を脱いでシャツの袖をめくった。黒一色のトライバルタトゥーがのぞいた。

「これ、入れたんです。そしたら、いろんなことが楽になって」

「え？　これ刺青？　綺麗だ」

矢嶋さんの反応に驚いた。まさか、見た瞬間に綺麗と言ってもらえるとは思わなかった。

「トライバルタトゥーっていうんです。伝統的な柄なんですよ」

へえ、と言いながら矢嶋さんは俺の腕をじっと見ていた。

「海外のサッカー選手とかが入れてるヤツだ。すごいな」

「もう人前では一生、半袖は着られないんですけどね」

シャツの袖を下ろし、再び上着を着た。話が途切れる。引かれてしまったか。見せたことを後悔したとき、矢嶋さんがジョッキを握ったまま、口を開いた。

「タトゥーって結構勇気がいると思うけど、なにがきっかけ？」

タトゥーを見せた以上、隠したって意味がない。それにもう過去のことだ。気にすることではない。

「俺、昔はサラリーマンだったんですよ。投資信託会社に勤めてました。ありがちな話なんですけど、ちょっとしたミスで億単位の損失を出したんです。彼女に振られて間がないこともあって……ちょっとおかしくなってしまったんです。そして、鬱《うつ》だと診断されて休職して……結局、そのまま退職することになりました」

「鬱か。それは大変だったね」

「ええ。その後、自分を変えたくなって、それで入れたわけです」

「自分を変えたくなって、か。で、今はもういいの？」

「なんとか。バイク便の仕事は性に合ってるみたいです」

「そりゃよかった」矢嶋さんはほっとしたようにうなずいた。

俺は当時、自分がおかしくなっていることに気付かなかった。

朝のラッシュでホームは混雑していた。会社に行かなければならないのはわかっていた。電車の接近を知らせるメロディが聞こえてくる。もうじき電車が来て扉が開いたら、俺は乗り込んで会社に行かなければならない。会社に行かなければならない。会社に行かなければならない。

三回繰り返して、はっと気付いた。行かなくて済む方法がある。簡単なことだ。今、一歩踏み出せばいい。ここから一歩踏み出せばいい。そうすれば二度と会社に行かなくて済む。なぜ今まで気付かなかったんだ。一歩踏み出す。それだけのことだ。

俺は一歩踏み出した。ほんの一瞬至福に包まれ、それから後悔した。とてつもない恐怖を感じた。

気がつくと、俺はホームに倒れていた。誰かが怒鳴っていた。はっきりしない頭でその男を見た。顔は見えなかった。腕だけが見えた。流麗な紺色のタトゥーが入っていた。綺麗だと思った。俺はそのまま意識を失った。後で聞いた話によると、線路に落ちる寸前で近くにいた男が腕をつかんで引き留めてくれた。男はそのまま立ち去って、礼を言うこともできなかった。

会社を辞めてアパートの天井を眺めて暮らしていたとき、ふっとタトゥーの腕を思い出した。あのとき、タトゥーの入った腕が俺を救ってくれたのだ。俺は自分の腕を見下ろした。なにもない。もし、ここにタトゥーがあれば、と思った。俺は俺を救えるかもしれない。

俺は迷わなかった。ここで迷ったら、二度となにもできなくなるような気がした。そして、タトゥーを入れた。黒一色のトライバルタトゥーだ。

タトゥーを入れると生まれ変わったような気がした。たとえば、服装を変えれば気分も変わる。新しい服を着るとワクワクする。タトゥーはその感覚を究極まで突き詰めたものだった。外見が変わったのではない。俺そのものが変わった。俺とタトゥーは切り離すことができない。今までの「俺」ではなくて「タトゥー入りの俺」だ。二度と「俺」には戻らない。

矢嶋さんは網の上で輪切りのトウモロコシを転がした。満遍《まんべん》なく転がして焼き目を付けていく。俺はぬるくなったビールを飲み干した。肉はもうない。

「肉の追加頼みますか？　それともシメに行きますか？」

「どうしようか」矢嶋さんはまだトウモロコシを転がしている。「僕も入れようかな」

その言い方があまり自然だったので、一瞬意味がわからなかった。戸惑っていると、矢嶋さんは恥ずかしそうに言葉を続けた。

「そのなんとかタトゥー、いいな。僕も入れてみようかな」

「あー、大賛成、って言いたいけど家族がある人はやめたほうがいいです」

「そうか？　カッコいいのに」矢嶋さんはトウモロコシを転がすのをやめて、ビールを飲んだ。

「娘さんいるんでしょ？　将来、お嫁に行くとき父親に刺青が入ってたら大変ですよ」

「……世の中しがらみばっかりだ」

矢嶋さんがため息をつき、残念そうに言った。

そうだ。しがらみばっかりだ。だが、タトゥーを入れて一抜けした俺は自由を手に入れられたか？　俺は本当に自由か？　家族も友人も恋人もいない俺は今、自由か？

やはり酔っている。もう一杯行きたいが飲みすぎか？　俺は空になったジョッキを未練がましく見下ろした。

そこへ、ホール係がやってきた。

「網、交換しましょうか？」

「いや、もういいです」

汚れた網の下で炭は落ち着いて熾火《おきび》になっている。中は赤いが表面はうっすら白い。高級品の白炭、紀州備長炭はどれだけ白いのだろう。

「娘さん、今でも炭琴を叩いたりするんですか？」

「え？」口の端にビールの泡を付けて、矢嶋さんが訊き返した。「まあ、たまにね」

「ふっと思ったんですけど、堀尾葉介ならさぞかしカッコよく叩くんでしょうね」

「ああ、さっきの映画か。そりゃ、カッコいいだろうな。きっと娘も大喜びだ」

矢嶋さんには家族がいる。だが、俺には誰もいない。矢嶋さんがいなくなれば話をする人すらいない。今度こそ独りぼっちだ。

「矢嶋さん、退職したらどうするんですか？」

「すこしゆっくりして、それから再就職先を探すよ。まあ、焦らずに行こうと思う」

そのまま二人で閉店間際まで飲み続けた。俺は帰りに伝票を持った。

「矢嶋さん、これまでずっと飲み物を奢ってもらった御礼と、退職のお祝いです。今日は僕に払わせてください」

いいよ、いいよ、と遠慮する矢嶋さんを無視して俺はさっさと勘定をした。

「ごちそうさま、本当にありがとう」

「どういたしまして。矢嶋さんこそお元気で。再就職先でもバイク便は俺を指名してくださ い」

「もちろん」

街はクリスマス・イルミネーションが輝いていた。矢嶋さんがまぶしそうに眼を細めた。泣いているように見えた。

俺と矢嶋さんは連絡先を交換し、別れた。


年明け、久々にダイヤ工業から配達依頼があった。新所長は花岡さんだ。以前はあれほど楽しみだった配達なのに気が重い。だが、仕事と割り切って働くしかなかった。

矢嶋さんとは焼肉の後で簡単なメールのやり取りをして以来、連絡を取っていない。すこしゆっくりする、と言っていたので邪魔をしてはいけないと思った。

俺が事務所に顔を出すと、みなが戸惑ったような表情を浮かべた。気まずい、困ったような顔だ。矢嶋さんがいないのでは休憩もない。ハンコをもらってさっさと帰ろうとすると、花岡さんに呼び止められた。

「岩田さん。矢嶋さんのこと、聞いてますか?」

「矢嶋さんのことってなんですか?」

花岡さんは眉根を寄せたまま、ひとつため息をついた。すこしためらいながら言う。

「矢嶋さん、亡くなったんです」

「え？」

思わず間抜け面で訊き返した。花岡さんの言っていることがまるで理解できなかった。

「矢嶋さん、退職されたその翌日に自宅で……」

「そんなバカな。辞めるすこし前、一緒に飲んだんです。そのときは元気でした。ありえない」俺は思わず花岡さんに詰め寄った。

「え、ええ。突然のことでうちも驚きました」

「自宅でって事故ですか？　病気ですか？」

「さあ、僕は詳しくは知らなくて」

花岡さんがさっと眼を逸らした。明らかに動揺していた。瞬間、わかった。

「まさか」

「……自宅で首を吊って……」

俺は言葉を失った。あの夜、映画を観て焼肉を食べた。そして、酒を飲んだ。あんな楽しい夜は久しぶりだった。やっぱり信じられない。矢嶋さんはずっと笑っていたではないか。まさか、そんなバカな。

まさか、俺があんな話をしたからか？　まさか――。

長い間呆然としていたが、俺はなんとか口を開いた。

「お線香、上げに行ってもいいですか？　ご家族が迷惑でなければ……」

「矢嶋さん、お一人だったから、親戚の方がみんな済ませてしまったんです」

「奥さんと娘さんがいらっしゃるんでは？」

「実は、矢嶋さんの家族は十年も前に亡くなってるんですよ」

「え？」

「交通事故だったんです。家族旅行の帰りに玉突き衝突に巻き込まれて、奥さんと娘さんを同時に亡くされた。本当にお気の毒で……」

俺はまた衝撃を受けた。信じられないことばかり聞かされ、混乱していた。

「嘘です。だって、矢嶋さんはいつでも娘さんの話を楽しそうにしてたじゃないですか。今年受験で、堀尾葉介のファンで……」声が震えてまともに喋れない。「机の上に飾ってあったあの写真は……」

「そう。あれが最後の家族旅行で撮った写真なんです。矢嶋さんが岩田さんに話してるのを聞いて、僕たちもぎょっとしました。矢嶋さんがおかしくなった、と思って、なんだか怖くて……」

矢嶋さんの笑顔を思い出し、俺も思わずぞっとした。嘘をついているようにはすこしも見えなかった。

「なんで矢嶋さんはそんな嘘を俺に？」

「もしかしたら、岩田さんが堀尾葉介に似てるからかもしれません。それで矢嶋さんに変なスイッチが入ってしまったのかも」

「まさか、そんなことで……」

堀尾葉介に似ている？　どこがだ。俺は実物を見た。比べものにならなかった。

「いや、つい家族が生きてるように言ってしまって、引っ込みがつかなくなっただけかもしれませんね」

花岡さんが動揺する俺を慰めるように言う。事務所の他の人々も気の毒そうな表情だ。

「でも、どうして、誰も教えてくれなかったんですか？」

「矢嶋さんは、あの嘘以外は全く普通だったんです。仕事も問題なかった。他に変なところは一つもなかった」花岡さんが顔を歪め、一瞬泣き出しそうな顔になった。「僕たちは誰もなにも言えなかったんです。岩田さんに家族の話をする矢嶋さんは、本当に幸せそうでした。真実を知っている僕たちには決して見せない笑顔だったんです。だから、そっとしておいてあげようと……」

そうだ。矢嶋さんはいつも笑っていた。俺は矢嶋さんの福耳を憶えている。俺の「幸運のおまじない」だった。

家に帰ってシャワーを浴びた。両腕のタトゥーを見る。

あのとき、矢嶋さんにも勧めればよかったのか？　タトゥーを入れたら、矢嶋さんも俺みたいに楽になれたのだろうか。矢嶋さんは死なずに済んだのだろうか。

矢嶋さん、すみません。俺はシャワーを浴びながら号泣した。

その日以来、俺はバイク便の仕事に身が入らなくなった。ギリギリ食っていけるだけ働いて、後は誰とも口をきかない孤独な毎日だった。

だが、部屋にこもっていてはまた鬱になる。休日には俺は一人でツーリングに出かけた。街の雑踏を一人で歩くより、誰もいない山の中を走るほうがずっと楽だった。

連休を利用して、関西までバイクを走らせたときのことだ。足をのばした和歌山の中部で立ち寄った道の駅で、俺は炭琴を見つけた。横にあったバチで叩いてみた。ちいん、と細い硬質な音が震えて鳴った。瞬間、矢嶋さんの笑顔と福耳を思い出した。

炭琴の横には炭の生産者の紹介が貼ってあった。下川《しもかわ》製炭所とある。調べてみるとこのすぐ近くだ。俺は炭を焼くところが見たくなった。先を急ぐ旅でも特に予定がある旅でもない。寄ってみることにした。

下川製炭所は和歌山県日高郡、日高川にほど近い山の中にあった。

訪れると、ちょうど窯出しの日だった。年配の男が、窯から熊手のような道具を使って、焼けた炭を掻き出している。ごうっと熱気が押し寄せ、激しく火花が飛び散った。真っ赤に焼けた炭はその輝きで金色に見える。窯から出てくるのは、まぶしいくらいにきらきら輝く黄金の延べ棒だ。俺は息をするのも忘れて見とれた。炭の力は圧倒的だった。神々《こうごう》しくて恐ろしかった。

男の横で、まだ若い小柄な女が働いていた。男が窯から掻き出した炭に灰をかぶせている。

二人とも汗びっしょりだ。灼熱の窯の前で歯を食いしばり、一心不乱に働いている。焼けた炭の上に汗が落ちると音も立てずに消えた。あたりに響くのは炭を掻き出すときのカラカラという高い音だけだ。二人は無言で働き続ける。綺麗だ、と俺は思った。炭も綺麗だがこの人たちも綺麗だ。長い間、俺は窯の前で二人に見とれていた。

作業に一段落がついた頃、居ても立ってもいられず男に思い切って頼んでみた。

「俺をここで働かせてもらえませんか？」

「いきなりなにを言うとるんや。うちは間に合っとる」

即座に断られてしまった。食い下がったが無理だった。当たり前だ。

東京に戻っても、炭焼き窯の光景が忘れられなかった。バイクで配達しているときも、真っ赤に焼けて金色に輝く炭を思い出した。黙々と働く二人からはひっきりなしに汗が落ちていた。カラカラと響く炭の音が今でも耳の奥に残って離れない。俺も炭を焼いてみたい。あの灼熱の窯の前で炭の熱に焼かれ、汗を流して働きたい。その思いは日増しにつのった。こんなにも「なにかをやりたい」と思ったのは生まれてはじめてだった。

俺は覚悟を決めた。仕事を辞めて身辺を片付け、身一つになって再び下川製炭所を訪れた。そして、再び頼んだ。

「アパートも引き払いました。行くところがないんです。お願いします」

これは賭けだった。男は難しい顔をしていたが、懸命に頼み込むと仕方なしに認めてくれた。俺は庭先に置いてあるライトバンで寝泊まりし、炭焼きを覚えることになった。

下川さんは長年の山仕事で歳を取って見えたが、まだ六十半ばだった。もう一人の若い女はその娘で、蕗子と言った。三十くらいで、冬馬という五歳の男の子がいる。後は、紀州犬の血を引くというみすぼらしい雑種犬がいた。

俺は最初からタトゥーを隠さなかった。だが、下川さんは黙って顔をしかめただけだった。蕗子もなにも言わなかった。

「おじちゃん、なにこれ」

冬馬は興味津々で騒ぎ、蕗子に叱られていた。

下川さんが言うには、蕗子は高校を出て大阪市内で働いていたときに知り合った男と一緒になったが、二年ほどで冬馬を連れて戻ってきたという。

結婚に失敗したせいか、蕗子は無口で警戒心の強い女だった。必要に応じてごく短い言葉を口にするだけだ。

蕗子に最初に言われたのはこの言葉だ。

「夜は家に入れられんから」

警戒心が強いくせに、食事だけは「みんな揃って」だった。朝昼夜と母屋《おもや》で必ずみな一緒に食べた。ネギを残すと蕗子に黙ってにらまれ、次から俺だけネギ抜きになった。そして、風呂が終わると、さっさと母屋を追い出された。

窯で焼くのは高級品の白炭だ。材料はウバメガシを使う。山で採るのだが、ウバメガシはやたら重い木だ。急な斜面を這うようにして登り、足場の悪いところで伐採する。危険な作業だ。

採ってきたウバメガシはそのままでは使えない。木拵《きごしら》えといって曲がった部分に楔《くさび》を打ち込んで形を整えてから、窯に並べて焼いていく。仕上がりまでは二十日だ。その間はつきっきりで窯に薪《まき》をくべ、温度調節をする。焼いている間は窯から白い煙が立ち上り、独特の匂いがした。

炭焼きは体力がないとできない仕事だ。バイク便で熱には鍛えられたはずだが、それでもやはりきつい。隣では蕗子が黙々と働いていた。俺よりはるかに小さくて体力もない女なのに、化粧もせずに汗だくになって窯の世話をしている。正直、俺は舌を巻いた。

窯出しの日は祭りのようなものだ。神聖で、晴れやかで、それでいてすこし寂しい。エブリという道具で、窯の奥からできあがった炭を掻き出す。炭はまだ真っ赤に焼けていて、あちこち火花が飛ぶ。そこに素灰《すばい》を掛け、冷ます。それから梱包して出荷だ。すべてが報われたような満足感がある。

俺はすこしずつ炭焼きに慣れていった。下川さんは厳しいし、蕗子も無口なままだったが、冬馬とはずいぶん打ち解けた。父親のいない冬馬は寂しいのか、しょっちゅうライトバンに遊びに来た。暇なときは犬の散歩に行ったり、仮面ライダーごっこの相手をしたりした。

「おじちゃんはイレズミあるから悪者な」

「なんだと？　許さんぞ、ライダーめ」

ライダーキックを受けて倒れるまでのたわいのない遊びだ。だが、新鮮だった。

俺が来て二年目、下川さんが山仕事の事故で大怪我をした。斜面から足を滑らせ落ちたのだ。幸い、命は助かったが身体の自由がきかなくなり、仕事ができなくなった。それからは、俺と蕗子の二人で炭を焼くことになった。

二人きりになっても、やっぱり蕗子は喋らなかった。雑談ひとつない。俺が炭を掻き出し、蕗子が素灰を掛ける。すぐに息が合って、俺は驚いた。下川さんとではこうは行かなかった。ちらと蕗子を見ると、作業に集中している。俺の顔など見ようともしない。すこし悔しくなって、カラカラガラガラとペースを上げて炭を掻き出した。だが、蕗子はすこしも遅れず灰を掛ける。そこで、俺は気付いた。息が合ったのではない。蕗子がなにも言わず、懸命に息を合わせてくれていたのだ。

もう一度、蕗子の顔を見た。頬は真っ赤だ。首筋に汗で髪が一筋張り付いている。炭は薪と違って燃えるときに音を立てない。もっとも燃えている熾火のときが、もっとも静かだ。この女もそうなのだ。

俺は傍らに蕗子を感じながら働き続けた。沈黙と熱だけの時間は生まれてはじめて感じる心地よさだった。

下川さんが怪我をして以来、蕗子はとにかく忙しかった。父親の世話をし、冬馬の世話をし、家事をし、その上で炭を焼いた。あんなに動き続けていてはオーバーヒートしそうだった。だから、俺もできるかぎりのことをした。山仕事、力仕事はすべて俺が引き受け、蕗子が家事をしている間に下川さんの病院の送迎をした。

次第に俺は母屋で過ごす時間が増えていった。下川さんの話し相手をしたり、冬馬に勉強を教えたりした。ときどきは、みなで一緒にテレビを観たりした。ライトバンには寝に帰るだけの日が続いた。

下川製炭所に来て二度目の秋、これまでにない大きな台風が来た。ライトバンに雨風が叩きつけ、激しく揺れる。あまりにうるさいため、眠ることなどできない。闇の中で車の天井をにらんでいると、窓を叩く音がした。慌てて開けると蕗子だった。

「うちに入ってよ」

俺は驚いた。まさか蕗子が俺を呼びに来るとは思わなかった。

「いや、いい」

「こんなボロ車に一人置いとくなんてできん。入って」

蕗子に強く言われ、俺は仕方なしにライトバンを出た。風と雨が吹きつけ、山全体が揺れている。母屋からライトバンまで往復するだけで、蕗子はすっかり濡れていた。

ごうっと風が吹いて蕗子がよろめいた。俺は咄嗟に支えてやった。濡れた蕗子の身体は冷え切って、いつも窯の前で真っ赤になっている女とはまるで別人のようだった。

玄関の庇《ひさし》の下で、思わず蕗子を抱きしめキスをした。蕗子は逃げなかった。俺は蕗子の手を引きライトバンに戻った。蕗子の前ではタトゥーの腕を隠す必要などない。思い切り抱きしめられる。

車の屋根を雨が叩く。車内は凄まじい音が響いた。蕗子の声も聞こえなかった。

翌朝、台風が通り過ぎた後、窯の周りは飛ばされてきた枝や葉でゴミだらけだった。掃除をしていると、蕗子が来た。

「おはよう」

「おはよう」

いつものように、蕗子がすぐに背を向ける。俺はその背中に話しかけた。

「すこしくらい話さないか?」返事がないので、重ねて言う。「なんでいつも黙ってるんだ?」

蕗子が振り向いた。怒ったような顔で言う。

「もうだまされるのは嫌やから。約束を守ってもらえたことは一度もない」

「俺は守るよ」

蕗子は俺をにらみ、それから諦めたような口調で続けた。

「冬馬の父親は、煙草を買ってくる、すぐに戻る、て言うて二度と帰ってこんかった」

「俺は守るよ」俺は繰り返した。

蕗子は俺に背を向け、窯に薪をくべはじめた。熱で真っ赤になった頰に、涙が一筋流れていた。

やがて年が明けて一月、自分でも納得のいく炭が焼けた。蕗子も下川さんも太鼓判を押してくれた。俺はその炭を地元の工芸作家に渡し、炭琴を二つ作ってもらった。一つは冬馬にプレゼントした。

「炭琴?　僕専用?　おじちゃん、ありがとう」

ピンポンパンポーンと言いながら繰り返しチャイムのメロディを叩いていた。音楽の才能はあまりないようで、蕗子が苦笑していた。

もう一つの炭琴は大事に保管してあった。もしいつか、と思ったからだ。

そして、この秋、突然に機会がやってきた。炭焼き交流会から戻った俺は蕗子に言った。

「堀尾葉介に会いに行ってくる。でも、絶対に帰ってくる。約束する」

「待ってる」

俺は炭琴を持って福井へ向かった。永平寺近くのロケ地に着くと、堀尾葉介に会える機会をうかがった。

*

話し終えると喉がからからだった。コーヒーを買ってこなかったことを、また後悔した。

「堀尾さんが永平寺の近くでロケをしていると聞き、炭琴を持って出てきました。三日ほど話しかける機会を狙ってたんです。今日、ロケを終えた堀尾さんが一人で車に乗ったのを見て、バイクで追ってきたんです。お一人で動いてらっしゃるんですね。後をつけるようなことをしてすみません」

これだけの大物俳優になれば、付き人がすべて世話をしていると思っていた。だが、三日間観察した限りでは、堀尾葉介はいつも一人だった。

また犬が吠えた。奥琵琶湖の湿った風が吹きつける。ずいぶん気温が下がった。堀尾葉介はなにも言わない。じっとうつむいたままだ。俺の話をどう思っただろう。身勝手で空回り、バカな男と呆れただろうか。それとも、単に失礼な男だと怒っただろうか。

俺は恐る恐るリュックから細長い箱を取り出した。

「これは俺が焼いた炭で作った炭琴です。厚かましいお願いだとはわかっていますが、もしよかったら、もらっていただけますか?」

「これを僕に?」

「はい」

堀尾葉介は炭琴の入った箱を見ながら黙っていた。突き返されても仕方ない。断られる、と思った瞬間、堀尾葉介は手を出して炭琴を受け取った。そして、にっこりと笑った。

「ありがとう。大事にします」

「こちらこそありがとうございます」

やっと肩の荷が下りたような気がした。思わず大きなため息をつくと、堀尾葉介がまたすこし笑った。

堀尾葉介は炭琴を膝の上に置くと、再びドッグランに眼を遣った。

「犬、お好きなんですか?」俺は訊ねた。

「ええ。見てるだけですが。本当は犬か猫かなにか飼いたいけど、一人暮らしだし、しょっちゅう家を空けるので」

「なら、結婚すればいいんですよ。奥さんが家にいれば安心して犬でも猫でも飼えますよ」

堀尾葉介は微笑んだが返事はしなかった。つい調子に乗って不躾なことを言ってしまったか。普段、あまり人と口をきかないので、こういうときに余計なことを言ってしまう。気まずくなって慌てて言葉を足した。

「出すぎたこと言ってすみません。でも、最近はペットホテルもあるから、思い切って、飼ってもいいんじゃないですか？」

「そうですね」

堀尾葉介は空になった紙コップを手の中でくるくると回しながら、すこし黙っていた。それから、ふっと思いついたようにごく自然な口調で言った。

「引退して暇になったら、どこか田舎に引っ込んで釣りでもしながら暮らそうと思ってるんです」

「引退を考えてるんですか？」

「はは、逃避ですよ。忙しくなるとリタイアする夢ばかり見る」

「ああ、わかります。俺もサラリーマンだった頃は会社を辞めることばかり考えてましたから」

「どこも同じですね」

堀尾葉介が静かに笑った。そして、またすこし黙ってから、口を開いた。

「雨が落ちてるんです。僕は一人で釣り糸を垂れている。山は靄《もや》がかかってなにも見えない。

雨の音以外聞こえない。とてもとても静かなんです。そして、家では犬と猫が僕の帰りを待ってる。夕飯は釣った魚です。味噌汁とだし巻きも作って熱々を食べるんです」

ぽつりぽつりと雨の落ちるような話し方だった。俺の脳裏にありありと光景が浮かんだ。

「それは素敵な暮らしだ」

「でしょう?」

堀尾葉介が微笑んだ。オーラなどなかった。芸能人の笑顔ではなかった。でも、世界で一番気持ちのいい隣人の笑顔だった。

「なら、ついでに炭を焼いてみませんか? 魚はガスより炭火のほうが美味いに決まってる」

「それはそうだ。是非教えてください」

「いつでも」

俺の返事を聞くと、堀尾葉介が嬉しそうに眼を細めた。そして、すこしためらってから思い切ったふうに言った。

「こんなことを言ったら失礼かもしれませんが、僕とあなたは似ているような気がします」

「いや、そんな、全然」

「似てますよ。同じだ」

堀尾葉介は微笑み、それから膝の上の炭琴をそっと撫でた。

ドッグランで犬を遊ばせている飼い主たちが、ちらちらとこちらを見ている。気付かれたのかもしれない。引き留めすぎたようだ。堀尾葉介はサングラスを掛けた。

「堀尾さん、今日は本当にありがとうございました」

俺は頭を下げた。堀尾葉介は炭琴を抱えると、穏やかで満ち足りたふうに笑った。

「いえ。こちらこそ会えてよかった」

堀尾葉介はシルバーのメルセデスＡＭＧクーペに乗って行ってしまった。排気音まで静かに優しく聞こえた。

俺は蕗子に電話を掛けた。今から帰る、と伝える。蕗子の返事は短かった。

「待ってる」

それだけで充分だった。


年明け、俺は蕗子と籍を入れた。ライトバンから母屋に引っ越し、ネギを食べる努力をはじめた。

蕗子は相変わらず無口だが、笑顔が増えた。お母さん綺麗になった、と冬馬がませた口を叩くと、いつになく焦っていた。

三月、堀尾葉介主演の映画が公開された。

堀尾葉介は誘拐された娘を助けようと奮闘する刑事の役だった。山中での死闘の末、無事に娘を助け出して映画は大団円を迎える。ラストは父と娘が縁側で炭琴を叩いて遊ぶシーンだった。プライヴェートでは独身で子供のいない堀尾葉介だが、まるで実の父娘のように仲睦《なかむつ》まじく見えた。

俺は思わず泣いてしまった。隣の席で冬馬が怪訝な顔をしたが、蕗子は知らぬふりをしてくれた。

矢嶋さん。観ましたか？　堀尾葉介が炭琴を叩いたんです。俺が焼いた炭です。それから俺にも家族ができました。矢嶋さんの福耳のおかげです。やっぱり、矢嶋さんの耳はシャワーカーテンリングの似合う幸運のおまじないなんですよ。

第七章

ジャック ダニエルと春の船

父が死んだという報《しら》せはやっぱり船で受け取った。

いつものことだ。慣れている。妻が産気づいたという報せも、その数時間後に母子共に死亡したという報せも、玉木順二《たまきじゅんじ》はどちらも船で受け取っていた。

船の勤務は三ヶ月乗って一ヶ月休むのが基本だ。今は二月の半ば。あと半月ほど乗れば休みになる。今さら急いでも仕方ない。船乗りだから親の死に目に会えないのは当然だ。もちろん、会いたいと思ったこともなかったが。

順二の中で父はとうに「いないものにした」人間だった。母が死んだのは順二が小学校三年生のときだった。以来、父は酒を飲み、暴力をふるう男になった。順二も兄の祐一《ゆういち》も酔った父に些細《ささい》なことで殴られた。母さえ生きていれば、と何度思っただろう。

最後に実家に帰ったのは、結婚したときだ。妻を紹介するために顔を出した。あの頃、父はまだ元気だった。そして元気に酒を飲んでいた。だから、一日だけ滞在してすぐに引き揚げた。

四時間のワッチ（当直）を終え一等航海士と交代し、順二は食堂に向かった。ドアを開けた瞬間、匂いでわかった。今日の昼食はカレーライスだ。

「御飯、少なめに」

カレーのときはいつも大盛りを頼むのだが、さすがにあまり食欲がない。司厨長《しちゅうちょう》の山本《やまもと》がしゃもじを手に心配そうな顔をした。

「船長、調子悪いんですか？」

「いや、ありがとう。大丈夫」

ほうれん草のバターソテー、コーンスープ、それにカレーライスを受け取り席に着いた。ルーにスプーンを突っ込んだ瞬間、ふっと思った。潮時か、と。これまで、誰の死に目にも会えなかった。死に目に会いたい人間がすべていなくなってから、こんなことを思っても遅いのだろう。だが、潮時か、という考えが頭を離れなかった。

順二が乗っているのは大型の貨物船「第二ひろせ丸」で、トレーラー百五十台、トラック二百五十台を積むことができるＲＯＲＯ船だ。乗員十二名で、鹿児島から広島、神戸、大阪と瀬戸内海を定期運航している。ＲＯＲＯとは Roll-on Roll-off の略で、岸壁と船にランプウェイという橋を渡し、直接トラックやトレーラーを乗り入れて荷を積み降ろしするタイプを言う。これまでいろいろな船に乗ってきたが、一番居心地のいい船だった。

だが、いくら居心地がいいと言っても、楽な仕事ではない。瀬戸内海は交通量が多く、橋やら狭い海峡が多いので気が抜けない。来島《くるしま》海峡、関門《かんもん》海峡を抜けるときは、いつでも緊張した。

現在、国内航路専門の内航船の乗組員は不足して危機的状況だという。順二はまだ三十五歳。中学を出て商船高専に入り、卒業後はすぐ今の会社に入った。とんとんと昇格して、船長になったばかりだ。人材不足の業界が順二のような中堅を手放すはずがない。簡単に船を降りられるとは思えなかった。

陸《おか》に上がってなにをする？　今さら故郷に帰って兄の手伝いか？　あの雨の多い陰気くさい町で、死ぬまで道路工事をするのか？

食欲はまるでなかったが、なんとか全部食べた。

「ごちそうさま。美味しかった」

返却台に食器を返しに行くと、山本司厨長がまた声を掛けてきた。

「やっぱり顔色悪いですよ。ほんとに大丈夫ですか？」

「ああ、大丈夫」心配を掛けてはいけない。無理して笑顔を作った。「ちょっと寝不足かも。気を付けないとな」

頭を掻く振りをして、食堂を出た。自室に戻ってベッドに転がる。仮眠するか、録《と》りためた映画を観るか、と迷った。

順二の部屋の造り付けの棚には、持ち込んだ大量の映画のＤＶＤが並んでいた。船室でできることは限られているから、順二は船に乗るようになって映画好きになった。

しばらく迷ったが、結局、どちらも気が乗らず、すこし風に当たることにした。デッキに出る途中、車両甲板から上がってきた甲板長の森永《もりなが》と会った。

「あれ、船長、なにかあったんですか？」

「いや、なにもないよ」

自分では落ち着いているつもりだが、顔に出ているのか。しっかりせねば、と思う。

二月にしては暖かい日で、空はよく晴れていた。白く泡立つ航跡が普段よりもずっと長く延びている。

潮時か、ともう一度心の中で繰り返した。船を降りてどうする？　あの部屋で暮らすのか？　とうとうあの部屋を片付けるのか？

一年に数ヶ月しか住まない順二の自宅は大阪港近くのマンションだ。船に乗っていて片付ける暇がないという理由で、部屋は妻が生きていた頃のままだ。

順二は海を見た。波も見えず、一面穏やかだ。この船は居心地がいい。妻のいないマンションよりも、生まれ育った実家よりも、ずっとずっとだ。

ふっと頭の中にアヒルの鳴き声が響いた。あの頃思った。あんな優しそうな母が俺にもいれば、と。だから、あの転校生が羨ましかったのだ。

＊

一ヶ月後、休暇に入った順二は故郷に戻った。父の葬儀には間に合わなかったが、四十九日の法要に出るためだ。

順二は三重県の山奥、赤目四十八滝の近くの町で育った。ほぼ十年ぶりの故郷は相変わらず寂れていた。衰退自体は日本全国にありふれた現象だが、拍車を掛けたのは近くにあった大手メーカーの工場が閉鎖されたことだった。

十年ぶりに会う兄の祐一はずいぶん太っていた。父の跡を継いで「玉木建設」の二代目だ。

山に近く雨の多い地域なので、法面《のりめん》や路肩の補修など一年中道路工事をしている。

小学生の甥《おい》二人に遅いお年玉を渡すと、大喜びだった。これで好きなゲームを買うという。だが、すぐに兄嫁の美紀《みき》に取り上げられた。母と息子たちの親子ゲンカがはじまると、兄が言った。

「ちょっと出よか」

小雨が落ちる中、車で県道沿いの居酒屋に向かった。

「最近な、町がギスギスしてな。昔は飲酒運転なんか誰でもやってたのに、今はこっそり通報する奴らがいてる。免許がなくなったら商売あがったりやからな」

通報する奴らが悪いと言わんばかりの口振りだ。こう言った話を聞くと、地元に帰ってきたのだという気がする。この町はなにも変わらない。

居酒屋「福鬼《ふくおに》」はまだ早い時間だというのに、もう半分ほど埋まっていた。今日は雨だからだ。仕事のない連中は、パチンコ屋に行くか酒を飲むしかない。

「順ちゃん。久しぶり」

カウンターの中から店主が声を掛けてきた。兄の同期だ。お久しぶりです、と挨拶してカウンターに座る。順二がノンアルコールビールを注文すると、兄はほっとした顔でレモン酎ハイと言った。

「お前がいてるから安心して飲める。でも、おまえ、相変わらず飲まへんままか?」

「船で欲しくなったら困る。最初から飲まへんのが一番や」

地元に戻ると地元の言葉に自然に切り替わる。順二のこんな言葉遣いを聞いたら、船の連中はなんと言うだろう。

カウンターの端に、見知らぬ男がいた。歳は五十過ぎか。小柄で、手入れの行き届いた顎髭を生やしている。明らかにこのあたりの人間と身なりが違った。ただのセーターとパンツ姿なのだが垢抜けて見える。地元の人間が集う居酒屋で少々居心地が悪そうだった。

兄は軽く頭を下げた。男も軽く挨拶を返した。

「あれは？　知らん顔や」

「ああ、あれは東京の建築家や。今、ひょうたん池のほとりに家を建ててる。ときどき工事の様子を見に来るんや」

「ひょうたん池？」

どきりとした。頭の中で雨が降り出す。薄汚れたガラス窓の向こうで抱き合う男と女の姿が浮かんだ。股間と胸が同時に痛むような、甘く苦しい記憶だ。

ひょうたん池は町外れ、山の麓にあるヘラブナ専門の釣り堀だった。いつも寂《さび》れていて、アヒルが一羽いた——。

順二は青臭い思い出を振り払い、なにもなかったかのように兄に訊ねた。

「あそこでまた釣り堀やるんか？　たしか、前の経営者はアメリカ行ったとか」

「そうそう。向こうで釣りのガイドやってるらしい。雑誌とか出て、結構有名人やと」

「へえ。すごいな。向こうにもヘラブナ釣りてあるんやな」

「いや、鱒らしい。フライフィッシングの聖地、モンタナかどっかで聞いたな」

そこで、飲み物が来た。兄と二人で早速乾杯し、その後で気付いた。父が死んだというのに不謹慎か。だが、仕方がない。すこしも悲しくないのだから。

「ひょうたん池を買《こ》うたんは、この辺の奴か？」

「いや、どこの誰かはさっぱりわからんのや。でも、東京の建築家が来たいうことは、買うたんは東京の奴かもな。うちはいま池の土手の養生をやってる。あんな池、干して埋め立てたほうがマシやと思うけどな」

珍しく兄の意見に賛成だった。あんな寂しくて陰気くさいところに家を建てるなど、どんな酔狂だ。思い出したくもない場所だ。

「順二、おまえ、まだ独りか？　不便やろ」

「……もう嫁さんはええわ」

ふろふき大根とホッケ、コンニャクのピリ辛炒めを食べながら飲む。美味いが、すこし味が濃い。普段、船で食べている山本司厨長の料理は健康に配慮して薄味気味だ。最初は物足りなかったが、やがて慣れた。今は故郷の料理が濃く感じる。

「船の仕事はどうや？　船長さんはどうや？」

「船長いうても内海を行ったり来たりする定期船やからな。バスの運転手みたいなもんや」

「なんや、やっぱりその程度か」

兄が嬉しそうに言う。町に残った兄は「町の思考」そのものだ。

「いつまでおるんや？」

「四十九日が済んだら帰る。で、兄貴はどうや？　不景気やいうけど仕事はあるんか？」

「じり貧やな。工事も取り合いや。一つの工事をどれだけ引き延ばせるかが腕の見せ所いうやつや」

酷い話だ、と思う。兄は酎ハイを飲みながら話し続けた。この町では「武勇伝」だが、町から一歩外に出ればただの「犯罪自慢」にもなりかねない話ばかりだった。これ以上は聞きたくないので、話を変えた。

「兄貴、親父の世話、任せきりでほんまに悪かった」

「別に。たいしたことしてない。病院放り込んでおしまいや」

「そうはいうても大変やったやろ？　美紀さんにも面倒掛けた」

「別に、言うてるやろ」

兄が声を荒らげた。思わず順二は首をすくめた。酔って怒鳴るさまは父とそっくりだった。それに気付いたのか、兄がバツの悪そうな顔をし横を向く。しばらく二人で黙って飲んだ。

「おい、祐一、こっち来いや」

奥のテーブル席から声が掛かった。兄がちらりと順二を見る。

「行ってこいよ。俺はゆっくり飲むから」

「そうか、悪いな」

兄は、そそくさと席を移った。弟と「父」の話などしたくなかったのだ。当たり前だ。

一人になった順二はちびちびとノンアルコールビールを飲んだ。すると、カウンターの端にいた建築家が眼に入った。地元の常連が騒ぐ中、一人気詰まりのようだ。話しかけてみた。

「東京からいらしたんですね」

「ええ、昨日から。しかし、このあたりはよく降りますね」ほっとした顔だ。

ご一緒していいですかと訊くと、是非と言うので横に移った。

「さっき兄から聞いたんですが、建築家さんとか?」

「ええ。小さな事務所ですが、もし家を建てるときはどうぞ」

男が名刺を取り出した。「T2建築事務所　一級建築士　田島隆《たじまたかし》」とある。

「はは、独り身だし、どうせほとんど家にはいない仕事なので」

「出張が多いんですか?」

「船に乗ってるんですよ。ただの貨物船ですが」

「船乗りですか?　カッコいいなあ。子供の頃憧れたもんです」

顎髭を撫でながら、田島隆が眼を輝かせた。順二よりはずっと年上なのに、なぜか若く見えた。

「ひょうたん池のそばで工事をやってるんですね。こんな言い方をしたら悪いですが、あんなところに家を建てるなんて物好きですね」

「たしかに。でも、依頼主の希望ですからね。こちらにはどうしようもない」そう言いながらため息をついた。「水はけは悪いし、湿気は酷いし……。水のそばなんて、建物にはなにもいいことがない」

「でも、ただの陰気くさい池に見えて、なにかパワーがあるのかもしれませんよ。釣り堀だったときの持ち主は、アメリカで成功したそうです」

「へえ、そうなんですか」一瞬驚いてからうなずく。「なるほど。たしかに」

田島隆は話し好きだった。車で来ているから、とやっぱりノンアルコールビールを飲んでいた。

「海外航路ですか？」

「いえ、内航船です。瀬戸内海を行ったり来たりしてます」

「内海は船が多くて大変だと聞きますが」

「ええ。ラッシュですね。狭いところや港の出入りは順番待ちです」

田島隆は話し上手で聞き上手だった。初対面だが、順二とは話が弾んだ。

「船って大変そうですね。自由時間ってあるんですか？」

「一応、一日八時間勤務ということになってます。もちろん交代で夜間の当直もありますけどね。でも、個室はあるし、テレビ、バス、トイレ、冷蔵庫も備え付けだから昔に比べれば優雅なもんです」

好物の白子《しらこ》の天ぷらが来たので、塩で食べた。痛風が怖いが美味い物には勝てない。山本司厨長にリクエストを出そうかと思うくらいだ。

そのとき、入り口の戸が開いた。男が三人、どやどやと入ってくる。林《はやし》、伊藤《いとう》、東山《ひがしやま》の三人だ。面倒臭い奴らに会った、と思った。

三人は小学校、中学校の同期だ。ほんの一時期、一緒につるんでいたこともある。三人はカウンターの中の「先輩」に挨拶した。客と店主の関係になっても、学生時代の上下関係がそのままだ。

三人とも下品な若作りの茶髪だ。林が店内を見渡し、順二に気付いた。

「順二、おまえ、帰って来てたんか。こっち来いや。一緒に飲も」

正直、気が重かった。つるんでいたと言えば仲のよいグループのように聞こえるが、実際はただのパシリだった。挙げ句、原チャリを盗んだ罪を押しつけられた。

――お父ちゃん。俺はやってない。あいつらが盗んでるのを見てただけや。

――アホ。嘘つけ。俺に恥かかせるな。

どれだけ言っても、父は信じてくれなかった。そしてまた、さんざん殴られた。陰であの三人が笑っていたと聞いた。町を出たのは、そんな人間関係から逃げ出したかったからだ。

「じゃあ、僕はそろそろ」田島隆が腰を上げた。

しばらくは赤目の温泉宿に泊まっているという。もっと話したかったが仕方ない。順二は地元の連中の席に移った。

「順二、おまえ船長かよ」林が舐めるように順二を見た。

「まあな」

「船は儲かるらしいな」鼻で笑った。

明らかに悪意のある声だった。船乗りの給料は高い。しかも、定年後の再雇用でも給与水準が下がらない。みなに羨ましがられる。

「船長いうても貨物船や。瀬戸内往復して荷物運んでるだけや」

「それでも船長様や」今度は東山だ。「偉そうに聞こえる」

「行く先々でやれるんやろ？　ええな、船乗りは後腐れないから」伊藤がねちっこく言うと、すかさず林が突っ込む。

「おまえが下手なだけやろ。あんなババア、さっさと切れや」順二に向き直って言う。「船長様。おまえ、女いらんか？　ちょっと歳は食ってるけどまだいけるで」

三人の頭の中では順二は中学生のときのままのパシリで、勝手に町を出て行って高給取りになるなど許せないといったところだ。だからこそ出て行きたかった、と順二は無理矢理注がれたビールを飲み干した。だが、胸のつかえは消えなかった。わかっている。出て行きたかったのではない。自分の犯した罪から逃げ出したかったのだ。

「さっきも言うたようにただの貨物船や。たとえば、船の食堂は料理人が一人でやってる。それでも司厨長や。船の中の呼び名はそんなもんや」

けっ、と三人が揃って舌打ちした。みな、納得していない。あの頃のままの濁った眼をしていた。

＊

小学校五年生のとき、転校生が来た。

雨の朝だった。転校生は母親と一緒だった。青い傘を差し、ひょろひょろと痩せていた。母親は髪が長く、白い傘を差していた。順二は靴箱の前で母親に声を掛けられた。

「職員室はどっち？」

どきりとした。優しそうな人だった。

「あ、あっちです」どぎまぎしながら廊下の奥を指した。

「ありがとう」

にこっと笑った。順二はまたどきりとした。母親が順二の胸の名札を見て、あら、と言った。

「同じクラス。うちの子と仲よくしてあげてね」

順二はそのときになって転校生の顔を見た。色白でまるで女の子のような顔をしていた。おとなしそうで、気弱そうに見えた。

転校生は順二の後ろの席だった。三時間目に体育の授業があった。転校したばかりでなにもわからないはずなのに、自分からはなにも訊いてこない。よほど内気なのか。なんだかすこしかわいそうになって、順二から声を掛けてやることにした。

「体操服に着替えるときは、男子は奇数のクラス、女子は偶数クラスの教室を使うんや。着替えたら、校庭に整列して先生を待つ」

「ありがとう」

転校生がほっとしたように微笑んだ。上品で優しげだった。田舎の男の子とはまるで違う。

「わからへんことがあったらなんでも訊いてくれや」

「うん。ありがとう」

にこっと笑った。母親によく似ていた。ありがとう、と言われて順二は嬉しくなった。

クラスの女子は転校生のことを「かわいい」と言い、すこし浮き立っていた。話しかけに行く女子もいたが、転校生は礼儀正しく相手をするだけだった。

林は露骨に面白くなさそうだ。

「あんな女みたいな奴のどこがいいんや」

転校生は無口なままで、休み時間も一人で過ごしていた。それを見た林は余計に苛立ちをつのらせた。

「あいつカッコつけててムカつく」

林は転校生に嫌がらせをはじめた。そして、仲間の伊藤、東山も追随した。からかったり、物を捨てたり、足を掛けたり、といった細かないじめがはじまった。

気の毒だと思いながらも、順二は助けることができなかった。林たちは乱暴だし、下手に転校生をかばうと自分までいじめられることがわかっていたからだ。だから、陰でこっそり声を掛けてやった。

「おい、大丈夫か？」

「うん。ありがとう」転校生はほんのすこしだけ嬉しそうな顔をして笑った。

林たちのいじめはエスカレートした。転校生の机に花を飾ったり、ランドセルに落書きをしたり、靴箱にゴミを詰め込んだりした。次第に転校生は学校を休むようになった。たまに転校生が登校すると、林たちは喜び勇んでいじめた。担任は定年間近のしょぼくれた男だった。たぶん気付いていただろうが、なにも言わなかった。面倒は御免だ、という態度で授業をしていた。

ある雨の夕方、町で転校生を見かけた。母親と一緒に歩いていた。順二は思わず物陰に隠れた。転校生と母親は順二のすぐ眼の前を通り過ぎて行った。母親は白い傘の下で微笑みながら転校生の名を呼んだ。

唇の形は笑ったままだった。順二の耳には柔らかな語尾だけが聞こえた。母親は本当に優しそうに見えた。だが、転校生は無表情だった。

瞬間、羨ましくてたまらなくなった。くそ、と苛立ちながら家に帰ると、いきなり父に怒鳴られた。

「おい、今までなにしてたんや」

「ちょっと」

「ちょっと、ってなんや」

父はもう酔っている。兄はいない。相手をせずに自分の部屋に行こうとすると、腕をつかまれた。

「おい、話はまだや」

諦めて父に向き合った。酒臭い息がかかる。雨の日は仕事ができない。だから一日中家に居て酒を飲む。

母が死んだのは一昨年《おととし》だ。法面の土留《どど》め工事の最中、横転したクレーンの下敷きになったのだ。事故の原因は鉄板養生の不充分で、父のミスだった。父はそれ以来、一度も笑ったことがない。そして、酔って順二と兄を殴るようになった。

「なんや、その顔は」

ばちん、と父の平手が飛んできた。母さえ生きていれば、と思った瞬間、転校生のことを思い出した。優しそうな母親と仲よく歩いている。あんな母親がいるなら、すこしくらいいじめられてもいいような気がした。

父親に殴られた翌日、家は出たものの学校をサボった。

小雨が落ちる中、誰にも見つからないように、町外れに足を向けた。山に向かって歩くと、ひょうたん池が見えてきた。ここは自然の池を利用した釣り堀だ。あまり流行ってはいない。すると、釣り堀に入って行く白い傘が見えた。転校生の母親だった。

不思議に思った。女の人が一人で釣り堀なんて珍しい。しかも、スカートだ。釣りをする格好じゃない。順二は後をついて釣り堀に入って行った。アヒルが一羽、池に浮いている。雨の中、動かない。囮《おとり》のオモチャのように見えた。

ぐるりと見渡すが、客は誰もいない。あの母親はどうしたのだろう、と事務所の窓から中をのぞいてみた。

あの母親と男が抱き合っていた。男と母親は激しくキスをしていた。男が母親のスカートの中に手を入れていた。二人は部屋の奥に移動して、窓からは見えなくなった。順二は窓の下に座り込み、動けなかった。動悸がして、勝手に身体が熱くなった。これから、転校生の母親と男は「セックス」をするに違いない。こんな寂れた釣り堀で、こんな汚い事務所で、あんな優しそうで上品そうな母親が、中年の男と「セックス」をするのか――。

裏切られた、という思いで頭がいっぱいになった。一瞬、転校生とあの母親を憎いと思った。相変わらず転校生へのいじめは続いていた。だが、転校生はくじけなかった。以前はほとんど学校に来なかったのに、最近はすこしずつ顔を見せるようになった。すると、林たちは余計に腹を立てた。――俺らを舐めてる、と。

下校時のことだ。転校生が順二の前を一人で歩いていた。疲れ切ってうなだれている。一日中、さんざん林たちにいじめられていた。その姿を見て胸がずきりと痛んだ。声を掛けてやろうか。だが、林たちが怖い。いや、このままではあんまりかわいそうだ。やっぱり、慰めてやろう、と思ったとき、ふいにあの母親の姿が浮かんだ。かっと身体が熱くなって足が止まった。そのとき、林たちが順二を追い抜いていった。そして、いきなり転校生からランドセルを奪い、蓋を開けて中身を側溝に捨てた。

それでも、転校生は無言だった。怒りも泣きもしなかった。

助けてやるべきだ、とは思ったが足がすくんで動けなかった。怯えながら見ていたのだが、すこしずつ腹が立ってきた。

順二は父が酔って暴れると怖くて泣いてしまう。殴られると痛くて、やはり泣いてしまう。泣くな、と兄が言うのだが我慢できない。恐ろしくてたまらないのだ。なのに、この転校生は平気だ。一言も言い返せない、一発もやり返せない根性なしのくせに、決して泣かない。涙一つこぼさない。じゃあ、あいつに比べて俺はヘタレか。惨めで恥ずかしい——。

林が振り向いた。順二を見て笑いながら言う。

「はは、あはは。おい、順二。お前、このランドセル投げろや」

笑い声は立てていたが、眼は笑っていなかった。順二は迷った。転校生が順二を見ていた。眼にはほんのわずかだが期待があった。

順二は空になったランドセルを振り回し、草むらに思い切り放り投げた。黒のランドセルは宙に弧を描き、葛の茂みのどこかに消えた。転校生はその軌跡を見送り、絶望的な表情を浮かべた。

一週間後、転校生はまた転校していくことになった。そのとき、担任が言った言葉は憶えている。まるで『風《かぜ》の又三郎《またさぶろう》』やな、と。

やっぱり他人事だった。林たちはいじめる相手がいなくなって残念そうだった。

学校へ挨拶に来たのは父親だった。真面目そうだが、どことなく陰気くさい男だった。母親の姿は見えなかった。

「お母さんは？」

すると、転校生は順二の顔を見ず、うつむいたまま言った。

「もう、いった」

先に行ったのか。それきり転校生は黙っている。順二は思い切って言おうとした。ごめん、と。だが言えなかった。

「さあ、乗って」

父親に促され、転校生は車に乗り込んだ。車はそのまま走り去った。

真っ直ぐ家に帰る気がせずぶらぶらするうち、足がひょうたん池に向いた。門が閉まっていて「本日休業」の札が下がっていた。仕方なしに引き返そうとしたとき、駐車場の側溝に白い物が見えた。なんだろう、と近寄ってみると、真っ二つに折られた白い傘だった。

*

転校生が町を去っていった後も、順二は折に触れ雨の日のことを思い出した。羞恥と後悔で胸が苦しくなる。俺はいじめを見て見ぬふりをした。転校生をかばってやれなかった、と。そして、何度も夢を見た。

泥だらけの転校生がじっと順二を見ている。その眼が言っている。

――助けて。

だが、順二は雨の中でランドセルを放り投げる。途端に転校生が絶望的な表情になり、順二は息が止まりそうになる。すると、いつの間にか転校生の横に母親が立っている。にこっと笑って言うのだ。

――仲よくしてあげてね。

そこで場面が切り替わる。あのひょうたん池の事務所で母親が男と抱き合っている。あの転校生の名を呼んだ、微笑んだままの形の唇で男とキスをしている――。

眼が覚めると、いつも動悸がしている。居ても立ってもいられず、罪の意識に顔を覆ってしまう。ごめん。助けてあげられなくてごめん、と心の中で繰り返す。

いつの間にか、ひょうたん池の釣り堀は閉鎖されていた。順二はすこしほっとした。そして、あれは過去のことだと思おうとした。だが、ランドセルを投げたことで、順二は林たちに格下と認定された。中学生のとき三人が原チャリを盗む現場に居合わせ、その罪を着せられた。誰もかばってはくれず、父ですら守ってくれなかった。

町を出て商船高専に入った。懸命に船の勉強をした。町の記憶と共に転校生の記憶も薄れていき、やがて顔も名前も思い出せなくなった。たぶん、と順二は思う。俺は自分の恥を忘れたかったのだ。だから、わざと忘れた。

町のことも転校生のことも忘れたつもりでいた頃、妻と子が死んだ。その瞬間、ふいに宙を飛ぶランドセルが見えた。そして、思った。そうだ、あのときの罰が当たったんだ、と。

バカバカしい考えだとはわかっている。だが、一度そう思ってからは、その考えが頭を離れない。女との別れ話がこじれたときも、積み荷の件で書類上のちょっとした不正に眼をつぶったときも、ランドセルが見えた。また罰が当たるぞ。因果応報だ。俺はあの転校生に酷いことをしたのだから。

あの転校生の名はなんと言っただろう。白い傘の下で母親はなんと呼んだ？　あの笑ったままの唇でなんと呼んだ？

どうしても思い出せない。卒業アルバムにも文集にも名前がない。色白で女のような顔、うつむいた哀しげな顔もぼやけている。だが、はっきりと憶えていることがある。あの転校生は順二が声を掛けると、にこっと嬉しそうに微笑んだのだ。

順二はボールペンを置いてため息をついた。机の上には父の遺産の相続放棄の書類がある。たぶん二度と戻らない家だ。未練はない。

兄嫁の美紀さんが来た。これからひょうたん池の現場に弁当を届けるという。

「俺が行きますよ。置いといてください」

「順二さん、いろいろごめんね」

「いや、親父の面倒を見てくれたんだから、当然ですよ。俺は船乗りだからなにもしなかった。謝るのはこっちです」

「役場の仕事も減ってきてねえ。大変なんよ。ひょうたん池みたいに個人の仕事が増えればいいけど」

こんな田舎町で個人発注の仕事など滅多にない。無理な話だ。

「ひょうたん池の仕事って、ちょっと変わってるんやよ。祐一さんが内装業者から聞いたらしいんやけど、映画のセットを再現してくれ、言われたんやて」

「映画のセット？　なんの？」

「古いギャング映画で『スカーフェイス』いうやつ。知ってる？」

「ああ、アル・パチーノのやつですね。面白かった。かなり好きな映画です」

「へえ、順二さん、映画に詳しいんやね」

「録画したＤＶＤを船に大量に持ち込んで、暇ができたら観るんですよ」

キューバ難民のトニー・モンタナが裏社会でのしあがっていく話だ。成功したトニーは家を手に入れる。白い柱が並び、プール、大階段、噴水のある豪邸だ。黒とゴールドで統一された悪趣味な成金部屋が下品なトニーによく似合う。下品であることが格好良く見えてくるから不思議だ。映画のラストで、トニーはバルコニーからひたすら撃ちまくる。だが、とうとうターミネーター似の男に背後から撃たれ、噴水に転落して死んでしまうのだ。

どんな家だろう、と大きなランチジャーを提げてひょうたん池に向かった。

池の周りはぐるっとフェンスで囲まれていた。池の護岸は半分ほど工事が終わっていた。そして、昔、事務所と駐車場があった場所には棟上げの済んだ大きな家が立っていた。たしかに大きいが、映画のような白い柱の並ぶ豪邸ではない。がっかりした。

兄に弁当を届け、さっさと帰ろうとすると声がした。

「船長さん」振り向くと、建築途中の二階の窓から田島隆が呼んでいた。

「ああ、こんにちは」

「今、下りていきますから」

ひょいと引っ込むと、玄関から出てきた。田島隆は人懐こい笑顔を向けた。

「昼飯買ってくるの忘れたんです。『福鬼』で昼定食でも食べようかと思ったんですが、あそこ、味はいいけど一人で入るのはちょっと気詰まりで」

「じゃ、よかったらご一緒していいですか？」

「助かります」

二人で「福鬼」に入った。焼き鯖《さば》定食を注文し、早速食べる。鯖は肉厚だし、小鉢の牛肉のしぐれ煮は甘辛くて濃い。この町の味だ、と思う。

「ひょうたん池の元の持ち主はアメリカで成功したんですよね。僕もあやかりたいな」田島隆が笑った。

「モンタナで釣りのガイドになったみたいですよ。観光客相手に、フライフィッシングで鱒釣りを教えるとか」

「モンタナ？　あれ、どこかで最近……」

田島隆が首をひねった。順二も考える。そして、はっと思い出した。

「そうだ。『スカーフェイス』の主人公の名がトニー・モンタナだ。すごい偶然だ」

「え？　なんでそのことを？」

田島隆の顔色が一瞬で変わった。しまった、と思う。

「すみません。兄貴が内装業者から聞いたって……」

それをさらに兄嫁から聞いた。個人情報を勝手に漏らすのは御法度《ごはっと》だ。

「そうですか……」田島隆がため息をついた。「口外無用でお願いします。施主は一切情報が出ないことを望んでいるので」

「わかりました。本当に申し訳ない」

「いや、ほんとによくあるんですよ、こういうことは」

田島隆が慰めてくれたが、気は晴れなかった。


四十九日の法要の前夜のことだ。風呂上がりに甥のゲームの相手をしていると、電話が掛かってきた。出てみると、林だ。

「おい、順二。今晩、ひょうたん池行くけど、おまえ、車、出してくれや。俺ら飲むから」

「ひょうたん池？　なにしに行くんや？」

「ひょうたん池の家を探検するんや。中、すごいらしい」

「やめとけよ。引き渡し前の家やろ？　不法侵入や。それに鍵掛かってるやろ。どうやって入るんや？」

思わず怒りに身体が震えた。いい歳をしてなにを考えているんだ。こいつらの頭の中は中学校のときからまるで変わっていない。

「鍵、掛けるのをちょっと今日だけ忘れてもろた」

得意気な口振りだ。内装業者とグルか。吐き気がする、と思った。法律も正義も道徳もない。個人という概念もない。町全体が身内だからだ。

「おまえら、いい加減にしろよ」

「なんやー。ちょっと見るだけて言うてるやろ。じゃあ、十時に『福鬼』まで来てくれや。後で女、紹介したるから、な」

一方的に林は電話を切った。順二は受話器を置いてしばらく考えた。無論、あいつらの送迎などする気はない。だが、このままにしておいてはいけない。警察に通報すべきか。だが、そんなことをしたら、あいつらは絶対に逆恨みをする。それに、あの三人が実際に行くかどうかもまだわからない。酔っ払って忘れてしまうかもしれないのだ。

迷った末、車でひょうたん池に出かけた。フェンスの前に車を駐め、エンジンを切って三人を待った。もしあいつらが来たら、なんとか止める。言うことを聞かないのであれば、通報しよう。

三十分ほどすると、車の音が近づいてきた。黒のアルファードだ。ドアが開いて、男たちが降りてきた。足許がふらついている。みな、かなり酔っていた。

「おい、そのへんでやめとけ」

「あ?」林が振り向いた。

「いい加減にしとけ。これ以上やるなら警察に言うぞ」

「あ？　おまえ、約束破ってなに言うてるんや」

「いいから、帰れ。これは不法侵入や。本気で通報す……」

その言葉が終わらないうちに、いきなり顔を殴られた。頭が揺れて一瞬、脳しんとうを起こした。ふらついたところを後ろから蹴られる。うつぶせに地面に倒れた。

「おまえ、ちょっと船長やからと言うて生意気やぞ」

「パシリのくせに」

伊藤と東山が背中を蹴った。順二は這いつくばってうめいた。三人はフェンスを開けて中へ入ろうとする。順二はなんとか起き上がり、通報しようとスマホを取り出した。

「あ、おまえ、なにするんや」

羽交《はが》い締めにされた。また殴られる。懸命に身をよじって逃げ出した途端、地面が消えた。あたりは工事中で、高い段差があった。順二は泥の中に叩きつけられた。息ができない。そこで、意識が遠くなった。

気がつくと、病院にいた。翌朝、田島隆が発見し、救急車を呼んだという。しばらくすると、病室に警察が来た。順二はありのままを話した。やがて、三人は怖くなって順二を置いて逃げたことがわかった。だが、いざ被害届を出すと言ったら、警察が渋った。

「仲間内の揉《も》め事やろう？　そんな大げさにしなくても」

この男も「福鬼」の店主と同じで「先輩」だ。見舞いに来た兄にそのことを言うと、途端に声を荒らげた。

「おまえ、なに考えてるんや。被害届なんてアホか」

「俺は一晩意識失うほど殴られたんや。下手したら死んでた。それに、あいつら不法侵入や。犯罪や」

「ちょっと見に行っただけやろ。林の親は役場にいてるんや。出入り禁止になったら、うちは潰れる」

ははは、と切れた唇で順二は笑った。もう怒りも感じなかった。

念のため、あと一日、入院することになった。結局、四十九日には出られないことになったが、なんとも思わなかった。

退院した後も、数日、実家で養生していた。まだすこし身体が痛むのでどこにも行かず、ゴロゴロしてテレビを観るだけの生活だった。

朝から天気に恵まれた日だった。昼下がりにケーブルテレビで古い邦画を観ていると、田島隆がわざわざ見舞いに来てくれた。

「依頼主が礼を言いたいということで」

「そんな大げさな」

「いえいえ。ちょっとここではなんですので、申し訳ないがひょうたん池まで来てもらえませんか」

わけがわからないまま、田島の車でひょうたん池に向かった。フェンスの鍵を開けて入る。家の横にはシルバーのスポーツカーが駐まっていた。メルセデスＡＭＧクーペだ。これが施主の車か。さすが金を持っている、感心しながら家の中に入った。

「あれ、ごく普通の家ですね」

玄関ホールは広いが、ごくシンプルな内装だ。『スカーフェイス』の映画に出てきたような大階段や噴水、バルコニーを想像していたので、すこし失望した。田島はニヤニヤしながら二階への階段を上っていく。後を追った。

「ここです」

ノックをして、ドアを開けた。その途端、順二は息を吞んだ。映画そのままの黒とゴールドが眼の前に広がっていた。『スカーフェイス』のトニー・モンタナの部屋だ。

「……うわ、こりゃすごい」

あたりを見回し、順二は思わず歓声を上げた。そして、正面の机の横に佇んでいる人間に気付いて、また息を吞んだ。

「え？」

順二は呆然と男を見つめた。まさか、と思った。眼の前にいるのは堀尾葉介だった。

「はじめまして。堀尾です」礼儀正しく頭を下げた。

堀尾葉介。若くして成功した大スターだ。知らない者はいない。十代の頃はトップアイドル、二十代で俳優に転身し、三十代では日本を代表する映画俳優になった。ハリウッドからもオファーがあるという。

今になって田島の言葉の意味がわかった。ひょうたん池にはパワーがあるかも、と順二が言ったときに納得していた。堀尾葉介のような人気俳優が新しい持ち主だと知っていたからだ。

「今回はずいぶんとご迷惑をお掛けしたようで、申し訳ありません。本来なら僕からお詫びにうかがわなければいけないんですが、人目につきたくなくて」

「いえ。こちらこそ」

堀尾葉介は悪趣味な部屋にいても上品に見えた。ごく自然に、当たり前にくつろいでいる。ただ立っているだけなのに周りの空気が輝いていた。これが本物のスターか。常人ではない。自分とは別種の生物に思えるほどだった。

しばらく見とれていたが、気を取り直して訊ねた。

「この部屋、『スカーフェイス』そのままですね。すごい。でも、なぜこんな部屋を作ろうと？」

「アル・パチーノは昔から僕の憧れで、ああいう演技ができる俳優になりたいと思ってるんです。特に『スカーフェイス』が好きで、一度、トニー・モンタナになりきってみたかったんですよ」堀尾葉介が恥ずかしそうに笑った。「どうせやるなら徹底的に、って」

「なりきりですか。いいな。俺もいつかやってみようかな」

「是非」堀尾葉介がにこっと笑った。

その笑顔を見た瞬間、順二は頭の中でなにかが弾けたような気がした。

……すけ。ようすけ。

すこしの間、順二は息をするのも忘れて堀尾葉介の顔を見つめていた。

そうだ、葉介だ。白い傘を差した母親が呼びかけていた。そうだ、なぜ気付かなかったのだろう。なにもかも思い出した。あの転校生だ。名前は堀尾葉介。母親が葉介と呼んでいた。間違いない。この男はあのときの転校生だ。

「あ、あの、もしかしたら……」舌がもつれて声が震えた。「昔、数ヶ月だけ小学校にいた……。ほら、美人のお母さんがいた。いつも白い傘を差してて……」

「え、でも……」

「なんのことでしょう？　人違いじゃないですか」堀尾葉介が苦笑した。

俺の勘違いか？　順二は混乱した。田島隆はわけがわからないといったふうで、黙ってこちらを見守っている。

「……でも……」

堀尾葉介は穏やかな笑みを浮かべている。嘘をついている気配などない。

いや、やはりあの転校生だ。間違いない。だが、この男は認める気はない。どれだけ順二が思い出を語っても、人違いだと言い張るだろう。

堀尾葉介の顔を見た。笑みの向こうに懇願が見えるような気がした。

順二はすこしの間、なにも言えずに立ちすくんでいた。堀尾葉介の嘘を非難する気は起きなかった。それどころか、これ以上追及してはいけないと思った。忘れられることがあの転校生の望みなら、今度こそ叶えてやらなければ。

「……ああ、すみません。俺の勘違いみたいだ」

「そうですか。きっと僕に似た子がいたんでしょう」微笑んで帰り支度をはじめる。「それじゃあ、田島さん、後はよろしくお願いします」

「待ってください」順二は思い切って言った。堀尾葉介がはっと顔を上げた。

「厚かましいお願いだけど、すこしだけ稽古に付き合ってくれませんか？」

「稽古？」

「そうです。俺は謝らなければいけない人がいる。もし、その人に会えたときのために、相手役をお願いしたいんです」

堀尾葉介は黙っている。綺麗な顔だ、と思った。山奥の小さな滝や湧き出る清水といった、流れる水の澄み切った美しさだ。

「お願いします」

懸命に頼んだ。堀尾葉介はこちらをじっと見ていたが、ふっと眼を伏せた。

「わかりました。僕でよければ」

順二は息を一つ吸いこんだ。

「あのときは本当にごめん。俺は卑怯者だ。君がいじめられているのを知らんぷりをした。助けてあげられなくてごめん」

堀尾葉介はすこし黙っていたが、やがて静かに言った。

「ありがとう。今の言葉で充分だ。もう気にしなくていい。済んだことだから」なにもかもを洗い流す、浄《きよ》められた雨のような声だった。

「……いや、こっちこそありがとう。……本当にごめん……」涙が出てきた。順二は思わず顔を伏せた。

「こんな演技でいいですか？」

「ええ、もちろん。ありがとうございました」なんとか答えた。

では、と堀尾葉介が部屋を出て行こうとして、そこで振り向いた。

「やっぱりアル・パチーノ主演で『セント・オブ・ウーマン／夢の香り』という映画があります。機会があれば、一度、ご覧になるといい」

外に出ると、風は冷たかったがまぶしい陽光が降り注いでいた。堀尾葉介は空を映すメルセデスＡＭＧクーペで行ってしまった。

＊

船に帰って『セント・オブ・ウーマン／夢の香り』を観た。アル・パチーノ演じる盲目の元軍人と高校生の少年が、衝突しながらも友情を深めていく様子が描かれる。アル・パチーノは酒好きで口が悪く頑固で横暴で女好きだが、優雅にタンゴを踊り非常に魅力的だ。

あるとき、少年は同級生らが校長の車に悪戯《いたずら》するところを目撃してしまう。校長は怒り、少年に迫る。犯人の名を言えばハーバードへ推薦。言わなければ退学、と。少年は悩む。同級生を売ってハーバードへ行くか、それともかばって退学か。

映画の最後、少年は懲戒委員会にかけられる。だが、他人を売ってまで大学には行けない、と犯人の名は言わない。窮地に追い込まれた若い友人を助けるため、アル・パチーノが感動的な演説をする。友の無実と高潔を、熱く、激しく、真摯に語るさまは圧巻だ。

順二はまた涙が出てきた。そうだ、俺だってこんなふうに守ってほしかった。俺は原チャリなんか盗んでない。たまたま、あいつらが盗むのを見ていただけだ。俺だってあんなふうに守ってほしかった。本当は父に守ってほしかったのだ。

映画の中でアル・パチーノはジャック ダニエルを飲み続けている。その姿は決して醜くなく潔かった。

ブリッジに出る。出港準備だ。ランプウェイが巻き上げられる。操縦権がエンジンルームからブリッジに移った。

「船首、船尾、オールライン、レッコ」

すべての係船ロープが外され、ゆっくりと船は岸壁を離れた。風は南、四メートル。防波堤を抜け、港外へ出て行く。瀬戸内の島々が霞んでいた。

春の船は行く。もうしばらく海で生きよう。ジャック ダニエルは、いつか船を降りたときのお楽しみだ。

最終章
美しい人生

また雨が激しくなってきた。

僕はフロントガラスに流れる雨をじっと見つめていた。晴れた日なら、飛騨《ひだ》の山々と飛水《ひすい》峡《きょう》の美しい流れが望めるはずだ。だが、今日は生憎《あいにく》の天気だ。山も空も灰色のひとかたまりで、低く垂れ込めるガスのせいで視界はほとんどない。

母を埋めた日もこんな雨が降っていた。止むことなど想像できない、この世の終わりまで降り続くような雨だ。

展望広場の駐車場にメルセデスＡＭＧクーペを駐めてから、もう一時間になる。他には、隅っこに黄色の軽自動車が一台駐まっているだけだ。

僕はスマホに眼を落とした。知り合いに送ってもらった動画だ。白黒ハチワレの猫がキャットタワーで遊んでいる。僕と同じ名を持った猫だ。拾ったときはガリガリの仔猫だったが、今はすっかり大きくなった。

先週、映画がクランクアップした。フランク・キャプラの名作『素晴らしき哉《かな》、人生！』をリメイクしたものだ。僕はかつてジェームズ・スチュアートが演じた主人公ジョージに挑戦した。現場の雰囲気もよく、いい仕事ができた。

映画の仕事が一段落して、三日前から休みを取っている。赤目四十八滝近くの「ひょうたん池」ほとりの家が完成したので、そこで静かに過ごすつもりだった。実際、今朝まではそこにいた。だが、今、僕は池から数百キロも離れた場所で雨を眺めている。

――『スカーフェイス』のアル・パチーノの部屋みたいにしてください。

建築家は驚いたようだったが、僕の気まぐれを笑って承諾してくれた。

実は、口にしてから自分でも驚いていたのだ。僕はどうやら本気だったらしい。あの映画をはじめて観たとき、息苦しくなるような高揚を覚えた。そして、主人公トニー・モンタナに憧れた。あんな部屋が欲しい、そして、あんなふうに死にたい、と。だが、まさか本当に映画のセット通りの部屋を作るとは思わなかった。

――船を出すのなら九月。

あの頃、母がよく口ずさんでいた歌だ。そうだ、ひょうたん池にいた男の名は「九月」だった。そして、アメリカのモンタナへ行こうと母を誘ったのだ。

片隅に駐まっている黄色の軽自動車が動く気配はない。僕がここに来たときには、すでにあった。遠いので中の様子は見えない。仮眠でもしているのか、それともデート中のカップルか。こんな雨の中で酔狂なことだ、と思ったが、向こうも同じことを考えているかもしれない。

スマホで天気予報をチェックした。今日の午前には抜けるはずだった前線が停滞し、大雨になっているようだ。各地に注意報や警報が出ている。まずいときに来てしまった。

ごうっと空が唸った。雨の塊が車の屋根に打ち付ける。溺れそうだ、と思った。このままでは雨の底に沈んでしまいそうだ。僕はエンジンを掛けて、ワイパーを動かした。フロントガラスの雨がかき分けられると、ほんのすこし息が通ったような気がする。念のためポケットのお守りを握り締めた。

トニー・モンタナに憧れ、蜂の巣になって死にたいと思いながら、雨に怯えてお守りを握り締める。苦笑しながら、習慣でホルダーからサングラスを取り出そうとして、また苦笑する。この視界ではサングラスは不要どころか危険だ。

雨が苦手になったのは、ひょうたん池での出来事のせいだ。あの頃、僕は小学五年生で、田舎の町に転校してきたところだった。今までも軽いいじめはあった。だが、あの町ではひどくいじめられた。その理由が容姿だった。「オカマ」と呼ばれ、ランドセルに落書きをされた。

今ならわかる。ちょうど身長が伸びはじめたところだ。手足がひょろひょろと長くなって体つきが変わってきたが、まだ顔は幼いままだった。もともと色白で細面の顔だ。二重の眼は黒目が大きくて、睫毛が長い。男の子は女親に似るというが、僕は母そっくりの女顔だった。スカートを穿けば女の子でも通っただろう。その容姿はいじめの理由になり、また父にとっては憎しみの理由になった。

スマホの電源を切り、グローブボックスに放り込んだ。前方に眼を遣ると、黄色の軽自動車が出て行くのが見えた。僕は雨の展望広場にたった一人になった。

ひょうたん池の家の二階にある「トニー・モンタナ」の部屋は、黒と金色に輝いている。潔いほど悪趣味な部屋だ。

　自分のイニシャル、HとYを刻印した革張りの椅子に腰を下ろして部屋を見渡すと、次の瞬間、自分でも驚くほどの安堵《あんど》を覚えた。自分こそがひょうたん池の王、支配者なのだと思えた。もう恐れる必要はない。あの日、後部座席で小便を漏らした子供ではない。僕はトニー・モンタナなのだ、と。

　あの日、ひょうたん池にも叩きつけるような雨が降っていた。

　僕は後部座席に母と並んで座っていた。濡れた下半身が冷え、ぞくぞくとする。肌が粟立《あわだ》ったままだ。横で、母はうつむいたまま動かない。

　男が窓ガラスを叩いていた。母の名を呼んでいる。

　──開けてくれ、佐智さん。お願いだ、佐智さん。

　九月という名の男だ。僕にヘラブナ釣りを教えてくれた。親切ないい男だった。

　──葉介くん、佐智さん。ドアを開けてくれ。頼む。僕も本気なんだ。

　返事をしない母に焦《じ》れたのか、男は僕にも頼んだ。だが、僕は身動き一つせず、じっと前を見ていた。フロントガラスに雨が打ち付け、流れていく。後から後から雨は落ちてくる。きりがない。

　この世の終わりが来るなら来ればいい。そんなことを考えていたような気がする。

　ひょうたん池の駐車場を潰し、その跡地に家を建てる。過去を埋めてしまえば、僕は楽になれるはずだった。

だが、それは間違いだった。池のほとりで三日過ごしたが、心の平穏など訪れなかった。そして、気付いた。僕にはもう一つ、行かなければならない場所がある、と。

大きく深呼吸をして、駐車場を出た。渓谷沿いの道をゆっくりと走る。片側一車線の曲がりくねった道が、どこまでも山の奥へと続いていた。片側は険しい山、もう片側は深い谷だ。昼間なのにあたりは暗く、ライトをつけなければならない。カーブミラーはガスと豪雨のせいで全く役に立たなかった。ところどころに落石注意の標識がある。僕は注意しながら車を走らせた。この先に白いオブジェがあるはずだった。

僕は先週、クランクアップした『素晴らしき哉、人生！』を思い出していた。主人公のジョージは紛《まご》う方《かた》なき善人だ。町のために尽力していたが、借金を抱えて自殺をはかろうとする。そこへ現れるのが翼のない天使だ。天使は翼を得るために人間を助けようとしていた。天使は「男が存在しなかった世界」を見せる。それはあまりにも悲惨で邪《よこしま》な世界だった。男は自分が生きる意味を知り、死を思いとどまるのだった。

僕が死んだらどうなるだろう。きっとファンは悲しむだろう。マスコミは大騒ぎするし、追悼番組が放映され、アイドル時代の曲がまた売れて、遺作映画がヒットする。

そして、父はほっとするだろう。僕という共犯者が死ねば完全に父は楽になれる。あの雨の日の罪を知っている人間がこの世から消えるわけだ。

あの夜、僕が見た白いオブジェは「天心白菊《てんしんしらぎく》の塔」という。昔、このあたりで土砂崩れがあり、バスが巻き込まれて大勢の死者が出た。その追悼モニュメントだった。

雨は激しくなる一方だ。僕はひとつ息を吸い込み、再びポケットの中のよもぎのお守りを握り締めた。これがあれば、どんな土砂降りの雨でも前が見える。溺れないで済む。

やがて、塔が見えてきた。あたりは小さな広場になっている。車を乗り入れて、はっとした。先ほどの黄色の軽自動車が駐まっている。

ヘッドライトに照らされ、軽自動車の車内が一瞬はっきり見えた。中に人影はなかった。僕は車を駐めて、あたりを見回した。雨で視界は利かないが、人影は見えなかった。この車の運転手はどこに行ったのだろう。

なにかおかしな感じがして、車を降りた。傘を差すまでのわずかな時間に、ずぶ濡れになった。この雨は尋常ではない。嫌な予感がした。

軽自動車に近寄ってのぞき込んだ。人がいないのはたしかだが、よく見えない。車から懐中電灯を持ち出し、もう一度中を確認した。助手席には飲みかけのペットボトルと一口かじっただけのサンドイッチが放置されていた。後部座席にはジュニアシートが装着されている。その横にはお菓子の空き箱と、仮面ライダーのフィギュアがあった。

ちりちりと全身が総毛立《そうけだ》った。塔があるだけの場所だ。こんな雨の日に車を降りてまで、なにをするというのだろう。しかも、小さな男の子を連れている可能性がある。運転手は母親か？

僕は懐中電灯で周囲を捜した。

「おおい、誰かいますか？」

僕は雨に向かって叫んだ。だが、雨の音が激しすぎてすぐに消えてしまった。このあたりは深い山と険しい谷が続いている。こんな雨の日に外に出るのは自殺行為だ。僕はギリギリまで近寄って谷をのぞき込んでみた。はるか下で、増水した川が凄まじい勢いで流れ下っていた。

雨は一向に弱まる気配がない。それどころか、どんどん勢いを増している。差している傘がたわんで折れそうなほどだった。

通報すべきだろうか。僕はしばらく考えた。だが、事件事故だと決まったわけではない。もうすこし待てば戻ってくるかもしれない。僕は車に戻った。だが、運転席に座っても落ち着かない。道沿いを捜してみることにして、エンジンを掛けた。

雨の中、そろそろと車を走らせる。川沿いの道をしばらく行くと、前方に人影が見えた。ガードレールのすぐ横を歩いている。女と子供だ。土砂降りの雨の中、傘も差していない。僕は二人を追い越し、車を停めた。ハザードを出して、降りる。

想像を超える量の水が落ちてきて、一瞬、息ができなくなった。雨に打たれているのではない。水の中に突き落とされたようなものだ。気を取り直して二人に駆け寄ると、女はまるで幽鬼のような表情で僕を見た。思わずぞくりとした。

「こんな雨の中、危ない。乗ってください。車まで送りますから」

子供が僕の顔と女の顔を交互に見た。女は返事もせず、歩き出した。子供が慌てて後を追った。女の様子は明らかにおかしい。

「待ってください。本当にこのあたりは危ないんです。土砂崩れがよく起きる場所なんだ」

今から五十数年前、飛驒川で豪雨が降り、大規模な土石流が発生した。観光バス三台が前後を阻まれ立ち往生したところへ、さらに新たな土石流が襲いかかった。二台のバスが一瞬で呑み込まれ、はるか下の飛驒川へ転落した。百名を超える死者が出る大惨事となった。

だが、女は無表情のままだった。僕の言葉がまるで聞こえていないかのようだった。僕は雨に負けじと怒鳴った。

「命の危険があるんです。あなただけじゃない。あなたのお子さんにも」

女が一瞬顔を歪めた。だが、なにも言わず、子供の手を乱暴に引っ張って歩き出した。子供はふらふらとよろめきながら、母の後をついていった。

ガードレールの先は深い谷だ。濁流が渦を巻いて荒れ狂っている。落ちたら助からない。現に、バス事故の後、遺体は伊勢湾まで流されたという。

僕は女の腕をつかんだ。口で言ってどうにかなる状況ではなかった。

「あなたが死ぬのは勝手だ。でも、子供を巻き添えにするのはやめろ」

無理矢理に女を引きずって、クーペの窮屈な後部座席に押し込んだ。女はほんの一瞬暴れたがすぐにおとなしくなった。そして、突然激しく泣き出した。その横に男の子を座らせる。十歳くらいだろうか。懸命に涙を堪えている。

なにかよほどの事情があるのだろう。どうすればいい？　僕はしばらく考えた。軽自動車を駐めたところまで送っていけば話は早い。だが、そこで降ろして母子二人きりにさせるのは心配だった。誰か人のいるところへ送っていったほうがいい。

「とにかく町まで行きましょう。車は天候が回復してから取りに来ればいい」

梅雨時の雨のせいで真冬のように冷えている。エアコンを強くした。ミラーで見る女の表情は凍り付いたままだ。返事を待たずに車を出した。

しばらく無言で走る。車内が暖まってくると、すこしずつ女の顔に生気が戻ってくるのがわかった。こちらを気にしている。ときどきミラーの中で眼が合った。

「あの、もしかしたら、堀尾葉介……さん？」

「ええ。そうです」

「……え、まさか、本当に本物？」

「ええ、まあ」

するど、女の横で男の子も声を上げた。

「堀尾葉介って……テレビに出てる人？」

二人とも、思ったよりも声に力がある。大丈夫なようだ。僕はほっとした。

「どこか心当たりの場所がありますか？　送っていきますよ」

途端に女は黙り込んだ。すこし性急すぎたか。とにかく山を抜けて安全なところへ行こう、と思った瞬間、ワイパーの向こうで山が揺れた。流れる雨の向こうに眼を凝らした瞬間、山肌がゆっくりと滑り出した。反射的に急ブレーキを踏んだが、まだ頭の中ではなにが起こったかわからなかった。まるでＣＧ処理のようだ、と僕は感じた。背景の一部分を切り取り、スライドさせたような――。

次につんざくような高い音と腹に響く太鼓の音が入り交じった轟音が響いた。眼の前で崖が崩れ、大量の土砂が道路に流れ出していた。

さらにブレーキを思い切り踏み込んだ。次の瞬間、車が跳ね上がって、後部からアスファルトに叩きつけられた。エアバッグが膨らみ、シートベルトが食い込んで吐きそうだ。車が押し流される。川に転落する――。

車は間一髪で止まった。巨大な石の隙間に挟まる格好となり、なんとか落ちずに済んだのだ。だが、ボンネットは落石で完全に押し潰されていた。あとコンマ一秒ずれていたら、運転席を直撃していただろう。僥倖《ぎょうこう》だった。

「怪我はありませんか？」

後部座席を振り向くと、女は子供の上に覆い被《かぶ》さっていた。咄嗟にかばおうとしたのか。

「……ええ。大丈夫」震える声で女が返事をした。「……翼《つばさ》？」

女は身体を起こすと、子供に声を掛けた。男の子は大きな眼を見開き、うわあっと泣き出した。母親は懸命になだめた。

「大丈夫、大丈夫よ、翼」

ここにぐずぐずしているわけにはいかない。いつまた崩れるかわからない。ドアは歪んで開かなくなっていたので緊急脱出用のハンマーを取り出し、窓を叩き割った。僕は苦労して外に出ると、岩の隙間から後部座席の窓を割った。まずは手前に座っていた母親だった。

「慌てないで、そっと」

母親の上半身をつかみ外に引きずり出した。次は男の子だ。

「次は翼君だ。来い」

だが、翼はためらっている。石が転がり落ちてくる音が聞こえる。時間がない。

「大丈夫だ。心配ない」

落ち着いて穏やかに言う。役者でよかったと思う。以前、主演した映画で子持ちの刑事を演じた際、子供の扱いは覚えた。役者をやっていれば、現実では独りでもいろいろな関係を経験できる。たとえ、一生独りでもだ。

翼が手を伸ばした。僕は翼を抱き寄せ、なんとか外に出した。

「翼、よかった」女が男の子を抱きしめた。

ぱらぱらと音がした。慌てて母子を下がらせる。土砂がさらに滑り落ちてきて、運転席を埋めた。

押し潰されたメルセデスを見ると胸が詰まった。長く乗った車だ。一人でよくドライブした。どれだけ走っても、どこにも行けたような気はしなかったが。

僕はあたりを見回した。山の輪郭もわからない。車軸を流すような雨だ。前方は完全に土砂と岩で埋まっている。他にも道路のあちこちで小規模な崖崩れが起こって、岩や折れた木が散乱していた。戻るしかない。町からは遠くなるが、ここにとどまるのは危険すぎた。

「塔のところまで戻りましょう。スマホ、持ってますか？」

「いえ」女が首を横に振った。

仕方ない。歩くしかなかった。僕たちはずぶ濡れになって歩き続けた。だが、どうしても翼が遅れてしまう。僕は翼を背負うことにした。

背負い上げると、子供の身体は完全に冷え切っていた。このままでは低体温症で危ない。すこしでも元気づけるため、大声で話をする。

「翼君はなにかペット飼ってるかい？」

「……飼ってない」

「僕と同じだね。でも、僕はいつか猫を飼いたいと思ってる。知り合いが猫を飼ってるんだ。白と黒のハチワレで、すごくかわいいんだ。葉介っていう名前で」

「葉介？」

「そう。僕が見つけた野良猫なんだ。だから、飼い主は僕の名前を付けた」

「堀尾葉介」という男は僕の理想だった。「堀尾葉介」を演じることは、非常にやりがいのある、全身全霊を傾ける価値のあることに思えた。そこでなら僕は「明るく、誠実で、みなから愛される男」になることができたからだ。

「翼君はなにが好きなの？　スポーツは？　サッカーやるのか？」

突然、返事がなくなった。すると、横から女が答えた。

「翼っていう名前は夫が付けたんです。サッカーをやらせたくて。夫は昔、ユースでやってたんです。結局、怪我でダメになりましたが」

女は雨の音に消されないよう、大きな声で話していた。それは妙に浮かれた調子に聞こえた。

「でも、この子はサッカーにはあまり興味がなくて、それよりも飛び込みをやりたがったんです」

女は細身で胸だけがやたら大きい。髪は後ろで一つにまとめている。切り揃えた前髪が額に張り付いていた。小花柄のチュニックにデニムを穿いている。童顔で、どちらかというと垢抜けない主婦に見えた。

「飛び込み？　珍しいですね」

「たまたまテレビで観て興味を持ったんです。それで教室を探して通わせたら、すっかり夢中になって。でも、それが夫には面白くなかったようです。やっぱりサッカーをしてほしかったんでしょうね」

女は喋り続ける。さっきまで打ちひしがれていた人には見えない。感情の振り幅が大きすぎる。やはり正常の状態ではない。

「でも、子供のやりたいことをさせてあげるのが一番だと思うんです。いくら自分の望みがあっても、子供のために我慢をしないと」

子供のために我慢か。僕は女の話をぼんやりと聞いていた。習い事などしたことがない。それは父が転勤族だったからだ。

エンジニアだった父は日本各地の工場に派遣された。半年、一年で場所が変わり、家族は引っ越しばかりしていた。そして、母は転勤のたびに新しい男に惚れたのだった。

父は尻軽な母を憎んでいた。だが、別れる覚悟もなかった。どれだけ不実な女であろうと、心の底から愛していたからだ。夫であり続ければ、最終的には勝利者になれると信じていたからだ。

父は母に傷つけられるたび、離婚しない言い訳を用意した。

――葉介のために我慢をしよう。

僕はその言葉を聞くたび、心が削り取られていくような気がした。父は卑怯だった。「葉介のために」というお題目を用意して自分をごまかすうちに、やがてそれが真実のように思い込むようになった。父はいつしか僕を怨むようになった。息子がいるから別れられない。自分が苦しいのはなにもかも葉介のせいだ、と。

＊

あの日、ひょうたん池でも雨が降っていた。

父は僕を殴り、母がひょうたん池でしていたことを訊き出した。そして、母を連れ戻しに出かけた。

父は母と僕を後部座席に押し込めると、ドアを閉めて戻ろうとした。だが、母は父の手にすがり、懸命に訴えた。

――あの人が好きなの。あの人と一緒に行くの。お願い、行かせて。

父は呆然と母の顔を見た。母は涙を流し、懇願した。

――モンタナへ行くって約束したの。私、モンタナであの人のために鱒料理を作るの。ね、だから行かせて。

母は真剣だった。心の底からあの男を愛しているのだ、と訴えた。だが、これはいつものことだ。母は簡単に男に惚れる。隠さないので、すぐに父にばれ、無理矢理別れさせられる。母は一、二週間泣き暮らすが、やがてけろりと元気になって、また別の男に惚れる。その繰り返しだ。だから、母に男ができたくらいで騒がない。いちいち相手にしても仕方ないからだ。

――いい加減にしろ。モンタナだと？　なにをバカなことを言ってるんだ。

――バカじゃない。私、決めたの。あなたがなんと言おうとモンタナへ行く。

――佐智、おまえ……。

父が愕然と母を見つめた。母はじっとその顔を見返し、にっこりと微笑んだ。

――大丈夫、心配しないで。ね。

母は父の手をぎゅっと握り、うふふと声を立てて笑った。

――私、モンタナへ行くの。あの人と葉介は釣りをして、私は料理して暮らすの。

モンタナへ行く？　僕も一緒に？　僕は驚いて母を見上げた。母は本当に幸せそうな笑みを浮かべていた。

父の顔が真っ青になった。室内灯に照らされた母はまだ笑っていた。モンタナでの幸福を疑っていないのがわかった。

——そうか。

父がぼそりと言った。そして、ゆっくりと自分の手から母の手を解《ほど》いた。そして、そのまま母の首にあてがった。

え？　と母が不思議そうな表情をした。見開いた眼も、わずかに開いた唇も、まだ微笑んでいるように見えた。

父が両腕に力を込めたのがわかった。母の手足が激しく動いた。父は母に覆い被さるようにして、首を絞め続けた。父は無表情だった。腕と肩の動きは渾身《こんしん》の力を込めているように見えたのに、その顔は全く静かで冷静だった。

僕は声も立てられなかった。横で母がもがき続けている。それを横で黙って見ているだけだ。そのとき、ふっと股間と尻の下の温かさに気付いた。いつの間にか小便を漏らしていたのだ。母の手足はもう動かない。ぐったりとしている。父は母の首から手を離した。母はがくんと首を折った。うなだれ、悲しんでいるように見えた。

——じっとしていろ。

父はそう言って、車のドアを閉めて出て行った。僕は言いつけ通り、じっとしていた。冷えた小便で身体がぞくぞくした。

＊

山の端を一つ回って、天心白菊の塔が見えてきた。僕たちは広場に駐めてあった軽自動車に乗り込んだ。僕が運転することにし、二人を後ろに座らせた。雨から逃れると、ようやく人心地がついた。ほっと息をつき、狭いシートに背をもたせかける。このままなにもせずに眠りたいような気がした。母子も同じ気持ちのようで、大きな息をつくのが聞こえた。

だが、なにひとつ状況は改善されていない。僕の携帯はメルセデスのグローブボックスに入れたまま押し潰されてしまった。僕は女に訊ねた。

「この車に携帯ありますか？　救助を呼んだほうがいい」

「いえ。……今は持ってないんです」

女の答えには中途半端な間があった。昔は持っていたのか。いろいろと訳ありか。だが、今はそれを気にしている場合ではなかった。

「そうですか。じゃあ、さっさと山を下りましょう」

エンジンを掛けて、エアコンをつける。ぶおおっと大きな音がした。ダッシュボードの上に小さな観葉植物の鉢が置いてあった。エアープランツだ。水を遣らなくても空気中の水分だけで生きていける。水のない世界で生きられるなら、溺れる可能性もないということだ。じっと見ていると、後ろで女の声がした。

「それ、夫がくれたんです」

打って変わって明るく弾んだ声だ。驚いてミラーを見ると、女は笑っていた。

「私、大事にしてました。日当たりのいい出窓に置いて、名前まで付けて話しかけてたんですよ」

「ああ、生育がよくなるらしいですね。音楽を聴かせたりもいいとか」

「でも、それ、造花なんですよ」

「え？」

「半年くらい経って気付いたんです。ショックを受けていたら、夫が笑ったんです」

――やっぱりおまえはバカだな。造花と本物の区別もつかない。どうやったらそんな間抜けなことになる？　はは。こんなバカ、はじめて見た。

「夫は私を指さして嘲笑しました。顔を歪めて、軽蔑しきった表情で笑い続けたんです」

――なあ、おまえ、生きてて恥ずかしくないか？

「なぜ、そこまで言われなければいけないのか。私は泣いてしまいました。それが余計に夫の癇《かん》に障《さわ》ったんです」

――泣けばいいと思ってるのか？　だから女はダメなんだ。話が通じない。

「パートをして、家事をして、育児をして、ＰＴＡも町内会も全部やった。でも、夫はバカだと言うんです……」

女が突然泣き出した。ほとんど情動失禁に近かった。翼は横でじっとうつむいている。雨の音も、女の泣き声も、やかましいエアコンもなにもかも苛立たしい。勘弁してくれ。溺れてしまう――。

「……とにかく山を下りましょう」

それしか言えなかった。僕は軽自動車を出した。

芸能界に入ったのは家を出たかったからだ。

ひょうたん池でのいじめは苛烈だった。特に、しつこく容姿をからかわれた。だが、それは僕に自分の容姿を客観的に意識するきっかけを与えてくれた。テレビでは、アイドルたちが歌って踊っていた。僕とそう歳の変わらない男の子たちもたくさんいた。その中に自分を置いてみた。芸能界なら、子供だって合法的に稼げる。僕は芸能界入りを考えるようになった。

中学一年のとき、父が千葉に転勤になった。東京はすぐそこだ。僕はすぐに一人で赤坂にある芸能事務所を訪れた。いきなり押しかけたのにもかかわらず、当時の社長は一目見て僕の入所を決めた。

芸能界入りを報告すると、最初、父は猛反対した。

――おまえは。

いきなり頬を叩かれ、僕はよろめいた。父は僕の髪をつかんだ。そして、震える声で言った。

――おまえ、私を捨てて逃げる気か？　自分だけ逃げる気か？

大きく眼を見開いているので、黒目がいつもより小さく見える。

——違う。お父さん、落ち着いて僕の話を聞いてよ。

血走った眼があまりに恐ろしく、僕は思わず顔を背けた。無理矢理に首をねじ曲げると、髪をつかまれたままの頭に激痛が走った。

——落ち着いて？　偉そうなことを言うな。親をバカにしてるのか？

父は正気ではなくなっている。僕は震え上がった。このままではなにをされるかわからない。

——自分は悪くないつもりか？　え？　なにもかもおまえのせいなのに。

父が髪をつかんでいた手をいきなり放した。僕はよろめいて尻餅をついた。父はその前に仁王立ちになって、僕を見下ろした。

——おまえ、喋る気だろう？　自分は悪くない。悪いのはお父さんです、と喋る気だろう？

——そんなことしない。絶対にしない。

＊

あの日、ひょうたん池を出てどれくらい走り続けただろう。すっかり日は暮れ、外は真っ暗だった。僕はじっと後部座席に座っていた。母はシートに倒れていた。母の頭は僕の膝のすぐ横にある。車がカーブを曲がるたび、ぐらぐら揺れた。うつぶせていたから顔は見えない。それだけが救いだった。

父が突然、スピードを緩めた。道路沿いに小さな広場のようなものがある。父はそこに車を乗り入れると、エンジンを掛けたまま降りた。僕は母と二人きりになるのが怖くて、慌てて降りた。

　父は広場の端で吐いていた。ヘッドライトが真っ直ぐに伸びているだけで、後は暗闇だ。雨は降り続いている。

　僕はあたりを見回した。なにか白いオブジェと石碑のようなものが立っている。ライトの灯りですこしだけ見えた。「白菊」という文字が読めた。

　父が戻ってきた。なにも言わずに運転席に乗り込む。僕も後部ドアを開けた。母は倒れたまま だ。乱れた髪がシートに広がっている。僕は身を縮めるようにして、後部座席の隅に座った。

　さらに父は車を走らせた。そして、どこかの林道のそのまた奥で車を駐めた。

　父は後部座席から母を引きずり下ろした。

　――葉介、スコップを持ってついてこい。

　僕はトランクからスコップを降ろした。そして、母を引きずる父の後をついていった。

　山奥で、父はスコップを母の顔に振り下ろした。完全に歯と顎が砕けるまで、息を切らせながら何度も振り下ろした。美しかった母の顔はメチャクチャになっていた。僕は眼を逸らすことができなかった。

　今となっては、母を埋めた場所はわからない。雨の夜、深い山の中で周囲はなにも見えなかった。ただ、僕が覚えているのは途中で見た「天心白菊の塔」、それだけだ。

後部座席で女は泣き続ける。翼はうつむいたきりだ。

「夫の気に入るようにしようと、ずっと努力した。機嫌を損ねないように気を遣って……」

そこで女が顔を上げた。僕に訴える。

「最初は優しい人だったんです。大好きだった。なのに、どうして変わってしまったのか……」

わかりやすい共依存だ。父と母と同じだ。

そんな関係を見てきたおかげで、僕は人を好きになれない。いい人だな、と思うことはあっても、好きという感情が理解できない。そして、誰とも親密な関係を持てなかった。持たないで生きている状態が、自分にとって自然だった。

やがて、父は森の小さな別荘で新しい妻と生活をはじめた。

――自分だけが楽になってすまん、葉介。

そう言って選んだのは車椅子に乗った女性だった。父は献身的に尽くした。まるで過去の罪の埋め合わせをするかのように。

――おまえも、もう楽になってくれ。忘れるんだ。あれはもう済んだことだ。

父は真剣に僕のことを心配していた。あのときほど父を憎いと思ったことはない。楽になれ、と？　どの口でそんなことを言う？

だが、父の気持ちに嘘がないことはわかっていた。父は「共犯者」である息子が罪の意識から解放されることを願っているのだ。新しい伴侶を得て自分が楽になれたように。

父を安心させようと、僕は交際相手だと称して女性を連れていった。ドラマで共演した、それなりに人気のある女優だ。父も義母も歓待してくれた。

二人きりになったとき、父は涙を浮かべてこう言った。

――よかった、葉介。おまえもやっと普通に生きていけるんだな。これで私も気が楽になった。

普通？　なにが普通だ？　そう思いながらも、僕はうなずいた。父が楽になったことを喜んでいる自分が惨めだった。そして、なにも知らない女優を利用したことに罪悪感を覚えた。

別荘での密会がばれて、大々的な熱愛報道があった。無論、情報を漏らしたのは僕自身だった。騒ぎになったのをきっかけに、その女優とはすぐに別れた。父は残念がっていた。


急なカーブを曲がった瞬間、ワイパーの向こうに岩が見えた。

僕は慌てて急ブレーキを踏んだ。酷いタイヤだったがなんとか止まった。眼の前の道路はすっかり冠水していた。小さな土砂崩れの跡があり、道路に大小の岩があちこちに転がって崖から濁流があふれ出していた。

前後を塞がれた。僕は血の気が引く思いがした。落ち着け、と懸命に最善の方法を考える。このまま道路上にとどまるのは危険だ。天心白菊の塔まで戻るしかない。あそこなら多少の広場があって、土砂崩れがあっても直撃を避けられるかもしれない。

切り返して戻ろうとしたとき、いきなり女がドアを開けた。声を掛ける間もなく、あっという間に車を降りてしまった。僕も慌てて車を降りた。

頭に、肩に、背中に雨が打ち付ける。服も皮膚も突き破られたのかと思うほど、痛い。

「なにしてるんですか。早く乗ってください」

「いえ、私はいいです。私のせいなんです」女は雨の中、仁王立ちで叫んだ。

「そんなことは今はどうでもいい。とにかくすこしでも安全な場所に移動しないと」

「神様が怒ってるんです。私が来たから」女が絶叫した。「私がいる限り、どこへ逃げても無駄。私がいなくなれば、あなたも翼もきっと助かる」

神様だと？　くそ、今はそんなことを言っている場合じゃない。僕は無言で女をつかんだ。女は暴れたが、無理矢理に車に乗せた。一度切り返してUターンする。再び、天心白菊の塔まで戻ることにした。

だが、すこし走ったところで愕然とした。先ほど通り過ぎた箇所に新たな土石流が発生していた。道路は完全に土砂で埋まっている。塔の広場まで行くこともできない。僕たちは完全に孤立した。万事休すか。

「……やっぱり私のせいだ」女が呟いた。「……私、嘘をついてた」

「嘘？」

「私が夫から言葉の暴力を受けていたのは本当。でも、その理由を作ったのは私。私は……不倫をしてた」

僕は驚いて女を見た。女は消え入るような声で言葉を続けた。

「気の迷いとか遊びじゃない。ある人を本気で好きになった。その人も家庭があったから……私たちは何年も不倫をしてた」

僕は黙っていた。この女性に抱いていた同情が一瞬で消えた。この女も母と同じ、最低の女だったというわけか。

「男は妻と別れて私と一緒になる、と言った。私はその言葉を信じて待っていた。でも、夫にばれたと知ったら、その男は掌を返した。私とはただの遊びで、妻と離婚する気はない、と」

僕は気分が悪くなってきた。雨に濡れて冷え切った身体が痺れている。だが、それは本当に雨のせいなのか？　僕は身体の中から冷えが広がっているような気がした。腹の底、胸の底、手足の先、頭の中、すべてに真っ黒い氷の塊を抱いているようだ。

「それを聞くと夫は大喜びし、私を指さして笑ったんです。バカな女だ、いい気味だ、と。そして、こう言いました。……離婚なんかしてやるものか。一生、俺に償え、と」

女が吐き捨てるように言った。肩を震わせ、雨か涙かわからない何かにむせんだ。

「それで子供を連れて逃げ出したのか」

「ええ。あのままだと殺されるかもしれないと思った。それくらい夫はおかしくなってた」

瞬間、女と母が重なった。

――本気だから仕方がないの。本気で好きになってしまったの。

にこにこと嬉しそうに母が言う。そして、父の怒声がして母が泣きじゃくり、しばらく静かになる。最後に聞こえてくるのは父の哀願だ。

——佐智、頼む。行かないでくれ。頼む。私を見捨てないでくれ。

「軽蔑した？」

「……いや」

まだ役者根性というものがちゃんとあったらしい。思ってもいないことを口に出せる。

「でも、あなたはわかってない。夫婦関係の破綻が、父の暴力が……母の浮気が、どれだけ子供の心を殺すのか、を」

ここにはカメラなどない。台本もない。これは「堀尾葉介」の言葉ではない。僕の言葉だ。思うさま吐き出したい。怒鳴りたい。怨み言を言いたい。だが、子供の前でそんなことはできない。僕は役者だ。歯を食いしばり、穏やかに、諭すように言った。

「あなたは子供がなにもわかっていないと思ってる。でも、違う。翼君はわかってる。そして傷ついてるんだ」

はっと女が息を呑んだ。そして、翼を見た。翼は首を大きく横に振った。

「……知らない。僕はそんなことわからないから」

今にも泣き出しそうな顔を見て、女があぁ、とうめいた。そして、翼を抱きしめた。

「ごめん、翼」

翼が泣き出した。僕はその様子を黙って見ていた。そうだ。僕も何度も何度も抱きしめてもらった。

――ごめん、葉介。お母さんね、あの男の人が好きになったの。

母に抱きしめられ、僕はそれでも嬉しかったのだ。

僕は車を降りて、周囲の様子を確かめた。崖からぱらぱらと小石が落ちてくる。車の中にいても危険だ。あの事故では観光バスごと押し流されたのだ。

前方の土砂崩れはまだ小規模だった。岩が転がっていて車では通り抜けられないが、徒歩ならなんとかなるかもしれない。問題は冠水した部分を越えられるか、だ。

再び、車をUターンさせる。先ほどの土砂崩れの場所まで戻ってきた。僕は二人を待たせ、車を降りた。再び、雨の中に出る。雨は塊になって轟音と共に落ちてくる。立っているだけで体力を削られるようだ。僕は泳ぐように雨の中を歩いた。

道路にあふれた水の嵩《かさ》はくるぶしほどだ。大小の岩と木が転がり、道を塞いでいる。越えるのは難しそうだが、岩と木が重なり合った場所にわずかな空間があった。のぞき込むと、向こうが見通せた。なんとかくぐれそうだった。

だが、もしまたすこしでも崩れてきたら塞がってしまう。急がなければいけなかった。僕は車に戻って、二人に車から降りるように言った。だが、雨を怖がって動こうとしない。

「じっとしてたら余計に危ないんだ。とにかくここを抜けるんだ」

女の顔は強張ったままだ。もうなにも考えられないようだ。僕は二人を引きずり下ろした。そして、倒木の前まで引きずっていった。

「まずあなたが通って、向こうで待っててくれ。その後で翼を通すから、向こうで引っ張り出してやってくれ」

女が躊躇《ちゅうちょ》している。震えているのがわかる。なにか言ったが雨の音で聞こえなかった。

「やるんだ」僕は怒鳴った。

女が弾かれたようにうなずいた。僕は女を隙間に押し込んだ。

「行けそうか？」

「……通れた」

「よし。じゃあ、次は翼だ」

僕は翼を抱きかかえ、穴に押しやった。だが、怖がって動こうとしない。これまで経験したことのない凄まじい雨だ。僕だって怖くてたまらない。だが、なんでもないことのように笑い、それから力強く言った。

「翼。大丈夫。ほら、ここをくぐるんだ。おまえは高い飛び込み台から飛び込めるんだろ？これくらい平気だ」

翼は躊躇していたが、僕はためらわず背中を押した。

「ほら、向こうでお母さんが待ってる」

すると、お母さん、という言葉に翼が反応した。

「翼。怖くないから。早くおいで」女が叫んだ。

「お母さん」一声叫ぶと、翼は懸命に這って穴をくぐった。

僕もその後に続いた。岩と流木を抜けると、一面の濁流だった。水嵩はふくらはぎほどで、幅は十メートルほどか。女は震えながら立ちすくんでいた。

「渡るんだ。翼は僕が背負うから」

だが、女は動こうとしない。僕はもう一度怒鳴った。

「たとえあんたのせいだったとしても、あんたは死んじゃいけない」

はっと女が振り返った。僕は喉が裂けるほどの声で叫んだ。

「それでも、子供には親が必要なんだ。あんたは生きなきゃいけない」

母の死体に手を合わせようとしたら、父に殴られた。

――あんな女に手なんか合わせるな。

だが、そう言った父は母を埋めた場所に頭を擦り付け、泥だらけになって泣き叫んだ。

――佐智、佐智……。頼む、生き返ってくれ。どれだけ浮気してもかまわないから……。

母はモンタナに僕を連れていくつもりだったのだ。母は僕のことを忘れてはいなかった。僕のことをきちんと愛していたのだ。

僕は母を助けたかった。でも、できなかった。僕の横で母が痙攣《けいれん》して死んでいくのを見ながら、僕はただじっとしていた。父を止めることすらできなかった。

「行くんだ。ゆっくりでいいから」

女は濁流に足を踏み入れた。そして、そろそろと一歩一歩確かめるようにし、渡り切った。すぐに振り向き、こちらを心配そうに見ている。

僕は翼を背負って流れに入った。想像よりもずっと水の勢いは激しかった。

最初はふくらはぎほどだった水嵩が、今は膝下まで来ている。一度転倒したら終わりだ。ゆっくりと足許を確かめながら進む。あとすこしというところで、突然、ごうっと音がした。反射的に僕は翼を抱え直し、女に向かって放り投げた。

次の瞬間、背中に衝撃があった。落石が当たったのか。そのまま崩れ落ちる。濁流の中に突っ伏した。前が見えない。顔を上げられない。息ができない。あとすこし、あとすこしで渡り切れるのに。泥に埋まっているのか？　岩に挟まれているのか？　足がすこしも動かない。感覚がない。もう歩けない。

ここで僕は死ぬのか。やっぱり溺れて死ぬのか。

僕の人生は嘘ばかりだ。

これまで、自分がどんなふうに生きて、どんなふうに死んでいくのか、まるで想像できなかった。いや、人生だけではない。自分は一体どんな人間なのか、わからなかったのだ。芸能界に入っても僕は僕が理解できなかった。アイドルを演じてみても、それは「オカマ」の小学生の延長だった。

転機は時代劇映画で主演する話が来たときだ。僕は太秦の撮影所で、はじめて演技をする快感を覚えた。それは新鮮で、非常に心地よい衝撃だった。僕は懸命に回転納刀を練習した。そうだ、役者になればいい。次々に様々な役を演じていくのだ。僕が僕である時間などなくなるほどに。

その試みは成功した。台本をもらって、役者として演技をする。役になりきるために、その登場人物を理解しようとする。それならできた。

だが、とうとう自分自身を理解することはできなかった。僕にとって一番遠くて難しい役は僕自身、ただの堀尾葉介だった。


濁流が顔を洗う。泥水が口に入る。息ができない。くそ。僕はよもぎのお守りを握り締めた手を伸ばした。

その手を誰かが握った。女が僕の手を懸命に引っ張っている。やめろ、危ない。あんたまで流される。早く逃げろ。

子供の声が聞こえた。

「葉介、葉介」

僕の名前を呼んでいる。僕はなんとか顔を上げた。女と翼の顔が見えた。翼も無事だ。よかった。僕は二人を救うことができた。母と子供を救うことができたんだ。

顔が濁流に沈んだ。息ができない。やっぱり溺れて死ぬのか。

「葉介。諦めるなよ。もうちょっとだ」

翼が叫んでいる。小さな手が僕の手をつかんだ。僕を助けようとしているのか？

素晴らしき哉、人生。

主人公の男は天使に翼をプレゼントした。自分が救われることで、天使を救ったのだ。

そうだ、僕は翼を救うことができた。僕も救われていいのか？

僕は母と子供を救うことができた。もう、僕も救われていいのだろうか。

＊

春の公園は散りゆく桜を惜しむ人でごった返していた。

風もないのに、ひっきりなしに花びらが落ちてくる。初夏を思わせる濃い青の空をひらひらと漂う花は、まるで自分の意志で「落花」を選択したように見えた。

「落花盛ん、っていうんだ。落花っていうのは花が落ちること。今日みたいに花びらがいっぱい散ってる様子のことだよ」

「落花盛んかあ。それって季語？」

「さあ、どうだろう。歳時記で調べろよ」

「えー、面倒臭いなあ」

国語の授業で毎回、俳句の宿題が出る。面倒臭い、とふてくされたような言い方をするが、家に帰ればきちんと調べているのは知っている。

翼はずいぶん背が伸びた。はじめて会ったときはうつむいて歩く小さな子供だったのに、今では顔を上げ、真っ直ぐ前を向いて歩いている。二年の月日は、これほどまでに人と世界を変える。

女は夫と離婚し、翼を引き取った。生活は苦しいが幸せだという。僕は厚かましく頼み込んで、翼が飛び込みを続けるための援助をさせてもらった。その代わりに、ときどき翼は僕の散歩に付き合い、話し相手になってくれる。

前から来る花見客が僕に気付き、あ、と驚いたような顔をする。じろじろ見る者もいれば、慌てて眼を逸らす者もいる。手を振ってくれる者もいれば、勝手に写真を撮る者もいる。どれも昔から慣れている。ただ、昔と違うことがある。みなに共通するのは一瞬の戸惑いだ。

「あ、鋼倫太郎《はがねりんたろう》だ」翼と同い年くらいの男の子が僕を指さした。「すげー、ほんとに車椅子乗ってる」

横にいた母親が慌てて黙らせた。僕に向かって頭を下げ、男の子の手を引いて足早に去って行った。その後ろ姿を翼がにらんだ。

「おい、やめとけ。ファンが減るだろ」

「でもさあ」

「僕のことを役名で呼んでくれたんだぞ。つまり、あのドラマを観て、しかもその主人公の名を憶えてくれてるってことだ。ファンは大事にしなきゃ」

「それはわかるけど……」

ちょうど一年前にはじまった刑事ドラマ「刑事　鋼倫太郎」は話題を呼び、第二シーズンの制作も決定した。車椅子の刑事という設定は、年配の視聴者からは和製「鬼警部アイアンサイド」だと高評価を得た。そして「刑事　鋼倫太郎」は昨年のドラマアワードで「作品賞」と「主演男優賞」を受賞した。車椅子での登壇は、まるでアカデミーで名誉賞をもらう大御所監督のような気持ちだった。

車椅子で役者を続けたい、と言ったとき、みな難しい顔をした。役が限られるというのだ。車椅子での演技だとどれも「障害者が頑張る美談」になってしまう、と。僕は猛然と腹を立てた。

「たしかに、今の僕にアクションは無理だ。車椅子使用の障害者だからだ。でも、それがなんだ？　僕は役者だ。ただ、車椅子に乗っているだけだ。これまで通り、サラリーマンでもホームドラマでの父親でも、たとえ最低の悪役でも、なんだって演じてみせる」

ドラマがはじまったとき、最初は話題性だけだと言われた。見世物と同じだ、と。でも、幸いなことに脚本に恵まれた。僕は再び役者として受け入れられた。

「刑事　鋼倫太郎」の成功を受けて、またオファーが来るようになった。一つは小児科医の役だった。脚本家と話をすると、虐待や貧困の問題を扱ったかなりハードな内容だという。車椅子を売りにすることはない。ごく普通の小児科医を演じてほしい、とのことだった。もう一つは時代劇だった。さすがに殺陣はできないと言うと、関ヶ原《せきがはら》の大谷刑部《おおたにぎょうぶ》だという。輿《こし》に乗っていればいいそうだ。どちらも受けた。

翼は色白で、昔の僕を見るようだ。飛び込みは室内プールでの練習なので、陽に焼ける機会がないからだ。

「今度、メルセデスが納車されるんだ。ドライブでも行こう」

「え？　車椅子なのに運転できるの？」

翼が素っ頓狂な声を上げ、それからしまった、というふうに慌てて口をつぐんだ。恐る恐る僕を見る。僕は冗談めかして怒ったふりをした。

「車椅子舐めんな。ちゃんと手動運転装置ってのがあるんだよ。他もいろいろ改造してもらったんだぜ」

「へえ、そっか。すごいな」

ほっとしたようにうなずき、それからわざと大げさに呆れた口調で言う。

「カスタムオーダーの車椅子に改造メルセデスか。なんか趣味悪くない？」

「悪かったな」

翼の冗談が心地よい。車椅子のシートは黒だ。トニー・モンタナを真似て、金でイニシャルを入れてもらった。なかなか悪趣味でいい感じだ。

「そうそう、猫を飼おうと思うんだ。最近は全自動トイレもあるしな」

事故から二年経って、ようやく一人で生活していく自信がついた。これなら動物を飼っても大丈夫だ。

「猫かー。いいな」しばらく考えて言う。「じゃあ、僕は犬にしようかな」

「翼が犬を飼ったら、散歩に付き合わせてくれ」

「うん、いいよ」

どんな犬がいいかな、と翼が考え込む。僕は車椅子を止め、首筋を冷やした。体温調節ができなくなったので、いろいろと面倒はある。

「そうだ、いいことを思いついた。僕はスポーツ用の車椅子を買う。それで翼と犬と一緒に走る」

「スポーツ用ってパラリンピックとかで使うやつ？　すげえ」

僕はぴかぴか光る車椅子を見た。シルバーグレーのハンドリムに空の青が映っている。花の終わり、夏を待ちかねて浮き立つような青だ。

「ねえ、ドライブ、どこへ行く？」翼が弾んだ声で訊く。

「どこへでも」

風が吹いた。火照《ほて》った額がひやりと冴《さ》えた。僕は空を見上げた。しばらくじっと眺める。そうだ、どこへでも行ける。

思い出も時と共に消える。雨の中の涙のように。

サングラスを掛けるのをやめたので、本当の色がわかる。空も雲も、花も木々も、世界のなにもかも、今年ほど美しい春はない。

僕はいつか映画を撮ってみたいと思う。こんなにも美しい世界を撮ってみたいと思うのだ。

初出　※いずれも『小説宝石』掲載。
第一章　垣見五郎兵衛の握手会（「車折・えれじい」改題）……二〇一七年年八月号
第二章　だし巻きとマックィーンのアランセーター（「だし巻き・マックィーン」改題）……二〇一八年一月号
第三章　ひょうたん池のレッド・オクトーバー……二〇一八年五月
第四章　レプリカントとよもぎのお守り……二〇一九年二月号
第五章　真空管と女王陛下のカーボーイ……二〇一九年七月号
第六章　炭焼き男とシャワーカーテンリング……二〇一九年一二月号
第七章　ジャックダニエルと春の船……二〇二〇年三月号
最終章　美しい人生……二〇二〇年六月号

遠田潤子（とおだ・じゅんこ）

1966年大阪府生まれ。関西大学文学部独逸文学科卒。2009年『月桃夜』で第21回日本ファンタジーノベル大賞を受賞しデビュー。'12年『アンチェルの蝶』が第15回大藪春彦賞候補に。'14年刊行の『雪の鉄樹』が文庫化され、'16年の「本の雑誌が選ぶ文庫ベスト10第1位」に選ばれる。'17年に『オブリヴィオン』が「本の雑誌 2017年度ベスト10」第1位、『冬雷』が第1回未来屋小説大賞受賞、翌'18年推理作家協会賞長編部門候補。'19年『ドライブインまほろば』が第22回大藪春彦賞候補、'20年『銀花の蔵』が第163回直木賞候補となった。他の著書に『カラヴィンカ』『あの日のあなた』『蓮の数式』『廃墟の白墨』など。

雨《あめ》の中《なか》の涙《なみだ》のように

2020年8月30日　初版1刷発行

著　者　遠田潤子《とおだじゅんこ》

発行者　鈴木広和

発行所　株式会社 光文社

〒112-8011　東京都文京区音羽1-16-6

電話　編　集　部　03-5395-8254

書籍販売部　03-5395-8116

業　務　部　03-5395-8125

URL　光　文　社　https://www.kobunsha.com/

組　版　萩原印刷

印刷所　萩原印刷

製本所　ナショナル製本

落丁・乱丁本は業務部へご連絡くだされば、お取り替えいたします。

ISBN978-4-334-91361-8